T0258462

Calle del Perdón

Mahi Binebine

Calle del Perdón

Traducción del francés de María Teresa Gallego Urrutia
y Amaya García Gallego

Papel certificado por el Forest Stewardship Council®

MIXTO
Papel procedente de
fuentes responsables
FSC® C117695

Penguin
Random House
Grupo Editorial

Título original: *Rue du Pardon*
Primera edición en castellano: febrero de 2021

© 2019, Éditions Stock
© 2021, Penguin Random House Grupo Editorial, S. A. U.
Travessera de Gràcia, 47-49. 08021 Barcelona
© 2021, María Teresa Gallego Urrutia y Amaya García Gallego, por la traducción

Esta obra se benefició del apoyo de los Programas de Ayuda a la Publicación
García Lorca del Institut Français de España.

Printed in Spain – Impreso en España

ISBN: 978-84-204-3961-7
Depósito legal: B-19185-2020

Compuesto en Arca Edinet, S. L.
Impreso en Unigraf, Móstoles (Madrid)

AL39617

Para Abdálah, que se fue antes de tiempo

1

Subida a una banqueta coja delante del espejo del aseo, era tan chiquitaja que solo me veía un amago de cejas, la parte superior de la frente y la cinta elástica que reprimía los rizos rebeldes. Fuera de mi campo visual florecía la pelambrera de fierecilla que mi madre aborrecía. En cuanto me acercaba a ella, su mano, como si la atrajese un imán, se dirigía hacia esos tizones que en vano se afanaba en atusar. Lo que aparentaba ser cariño era en realidad la batalla cotidiana de mi progenitora contra el desorden natural de las cosas. Pero la naturaleza, tozuda y obstinada, volvía por sus fueros invariablemente. En cuanto ponía un pie en la calle, me libraba de la diadema y volvía a ser la niña rizosa y regordeta de la calle del Perdón. A menudo me he preguntado por qué a mi madre le molestaba tanto mi melena. ¿Veía en ella alguna maldición? ¿El anticipo de mi futuro de réproba? Quizá. Sea como fuere, me miraba como se mira a un extraterrestre náufrago de un planeta desconocido. Por más que rebuscaba entre sus ancestros y los de Padre, no encontraba el menor atisbo de algún antepasado que me pudiera haber legado semejante pelaje, y de propina ¡rubio!

Por mi parte, tampoco me identificaba con la tribu en la que había nacido y en cuyo seno había padecido una infancia difícil y oprimida. Mis padres, además de tener un carácter agresivo y taimado, vivían un mundo taciturno, triste, carente de fantasía y mortalmente aburrido. En ese entorno solo había un toque de alegría: las Santas Escrituras bordadas con hilo de oro en la alfombra de oración que colgaba de la pared del salón. Antes incluso de saber leer, me gustaba dejar que se me trastocase la vista siguiendo los arabescos que se entrelazaban sobre el terciopelo. Aparte de eso, el color gris dominaba todo lo demás: paredes, cortinas, rostros y muebles. Hasta el pelo del gato. Un gris polvoriento que adoptaba todas las tonalidades de lo deprimente. Y para completar ese panorama, en casa reinaba de la mañana a la noche un silencio lúgubre. Si hubiera podido, Padre habría mandado callar a los gorriones. De la música ya ni hablemos. Padre solo encendía la radio a la hora en punto de las noticias. Entonces, una voz grave soltaba con tono monocorde los pormenores de las gloriosas acciones regias, tras las que venía, siempre y como siempre, una amalgama de catástrofes, guerras y naufragios.

Sin embargo, como tan bien se les da a los niños con sus padres, yo me había adaptado a los míos, a la indigencia de sus sentimientos y a su fealdad. Gracias a una alquimia misteriosa, había conseguido crear una burbuja en la que me refugiaba en cuanto el entorno exterior se volvía tóxico. Resguardada en mi burbuja, dejaba que me llevara el soplo de los ángeles. ¿A que os sorprende que una bandada de ángeles disfrazados de mariposas se llevara por el cielo, muy arriba, a una niña metida en su burbuja? Puedo entenderlo. Lo cual no significa que yo no viera, igual que os veo a vosotros, a esas criaturas celestiales que alzaban el vuelo desde los cuentos fantásticos que me contaba Serghinia. Decía que su misión en la tierra consistía en señalarles el camino a los artistas.

Por cierto, ¿os he dejado claro que yo era una artista?

Desde muy pequeña he sabido descifrar el lenguaje de los ángeles; por eso pude alcanzar por mis propios medios el país de los sueños y las mariposas. Un país encantador y encantado, hecho de chispas, de escalofríos, de hoyuelos risueños y de todos los colores del arco iris. Frente al rigor seco y austero de los míos, allí encontré la gracilidad de lo curvilíneo, la danza de la voluta, la elegancia frágil, la finura y la sutileza de los seres que andan de puntillas.

En aquel país reinaba una diosa: Serghinia, nuestra vecina. Luego os contaré la historia fabulosa de esta artista en cuya casa (ahora ya puedo decirlo sin miedo) conocí la felicidad. Esa mujer fue mi familia, mi amiga y mi refugio.

De pie delante del espejo del aseo en la casa primorosa de Serghinia, apoyándome en los dedos de los pies, alcanzaba a verme los lóbulos de las orejas, un poquitín separadas, que adornaban los zarcillos de plata maciza que mi madre solo me dejaba llevar los días de fiesta. La imagen implacable que me devolvía el espejo daba fe del alcance de los daños: una carita embadurnada de pintalabios chillón y brillante, del que no se libraba ni un pedacito de piel, que solía ser tan blanca; un «rojo furcia», como habría dicho mi madre, uno de esos bermellones que tanto me fascinaban en los labios carnosos de Serghinia.

La palabra *furcia* cobraba una dimensión particular en mis oídos vírgenes cuando la pronunciaba mi madre. Fur-cia. Restallaba con la majestuosidad de una mujer liberada, reivindicaba el albedrío de menear el culo en público con una chilaba de seda ceñida y enarbolaba a cielo abierto el estandarte llameante de la insumisión.

Pero más allá, al fondo del espejo, donde el alicatado blanco se detenía al filo de la puerta entornada, mientras yo miraba mi maquillaje culpable con los ojos como platos, apareció el rostro luminoso de Serghinia. Bajo las cejas exageradamente fruncidas, sus ojos relucientes me reñían apenas y me perdonaban a medias. Vino hacia mí con los brazos abiertos, preocupada, temiendo que me cayese.

—¡Pollito mío! ¡Esa banqueta no se tiene de pie! ¡Al final te vas a llevar un coscorrón!

Y a la velocidad del rayo sentí cómo mi cuerpecillo se hundía en las abundantes carnes de su abrazo.

—Déjame que te enseñe a convertirte en princesa, amor mío. El pintalabios, como su nombre indica, está pensado para pintarse únicamente los labios. No la frente, ni los pómulos, que ya los tienes bastante encarnados de por sí, ni mucho menos esos párpados sanguinolentos que te hacen parecer una bruja sacada directamente de un cuento de miedo. Pero tú no eres una bruja, ¿verdad, cariño? Entonces, pon mucho cuidado, como cuando coloreas con Aida y Sonia. No te salgas del contorno de ninguna manera. ¿Entendido?

—Sí, Mamyta.

—Buena chica. Y ahora refriégate bien esa carita ¡y tráemela aquí para que me la coma!

Mamyta era el mote que le habían puesto a Serghinia Aida y Sonia, sus hijas gemelas. De modo que a mí también me gustaba llamarla así, pero con variantes: Mami, Mya, Maya, Mamyta. Cada sílaba de ese breve apodo incluía su carga de cariño. Exhalaba el aroma almizclado de su pecho reconfortante, la cascada de su risa y los sonoros besos que te dejaban en los mofletes un estampado tan bonito.

Si hubiera tenido la mala pata de que mi madre me pillara en ese estado, delante del espejo del aseo, encaramada a una banqueta coja, con la *gandura* remetida en las bragas y la cara maculada de pecado escarlata, habría sido el fin del mundo: una buena tunda, aderezada con voces y lamentaciones a más no poder, y por si fuera poco, de postre, la promesa que más miedo me daba: «¡Cuando llegue tu padre te vas a enterar de lo que es bueno!».

Yo no quería a mi padre. No me gustaba la sangre que tenía en los ojos cuando la ira se adueñaba de él. Lo que me asustaba no eran tanto los golpes como lo demás... Odiaba la oscuridad de su cuarto, su aliento, la barba que pinchaba, las manos monstruosas... y lo demás. Todo lo demás.

2

Para los artistas cuya herramienta de trabajo es el cuerpo, la belleza no es forzosamente indispensable. Resulta difícil definir a Mamyta como una hurí. Observando detalladamente los rasgos de su rostro, se puede afirmar sin temor a que nadie lo rebata que, estéticamente hablando, estamos por debajo de la media nacional. Los ojos chiquitos saturados de rímel, la nariz breve y aguileña, la boca enorme que ribetean unos labios carnosos y el tatuaje de la frente y la barbilla, a la antigua usanza, de ningún modo pueden pertenecer a una odalisca. Ni por asomo. Sin embargo, el conjunto de esos rasgos reunidos en la misma cara, colmada de alegría, forma un todo armonioso y de lo más agradable. Si a eso añadimos la dentadura de oro macizo que a la mínima carcajada es como unos fuegos artificiales, los cien kilos de carne lechosa embutidos en un caftán de satén y el contoneo felino en el que cada parte del cuerpo parece autónoma, descoyuntada y como separada del resto, también se puede afirmar que esta mujer del lunar en la mejilla tiene gancho.

En realidad, Mamyta tiene dos caras aparentemente contradictorias: la del ama de casa anodina con la que te puedes cruzar por la mañana en una arteria adyacente a la calle del Perdón, en el zoco, con su cesta de palma, o sin ir más lejos dando un paseo por la Plaza; y la otra, la de la diva de caftán resplandeciente que te trastorna en el convite de una boda o una circuncisión, o en una de esas fiestas privadas que los hombres, melancólicos, rememoran con medias palabras en la terraza de un café.

Como me pasé la infancia y parte de la adolescencia con Mamyta, tuve el privilegio de asistir al milagro de esas metamorfosis. Al principio como una espectadora cualquiera, tan pasmada como pueda estarlo una niña ante un tam-tam abigarrado un día de fiesta, y más adelante en primera fila, cuando me concedió la gracia de contratarme en su *troupe* para salvarme de mi familia...

Qué historia más rara la mía. Inverosímil y trágica, como lo son tantas historias en nuestro país. ¡Pero tened paciencia! Os la contaré si me concedéis la gracia de vuestra indulgencia. Mi relato seguirá a ratos sendas desconcertantes. Si por ventura os perdéis, surgirá de la nada un rayo de luna para indicaros la salida... Pero mucho me sorprendería que quisierais salir de mi laberinto. Le cogeréis el gusto a la libertad de mi fantasía, a mis caprichos, a algunas situaciones imprevistas que, lo reconozco, me sorprenden incluso a mí. No creáis que se trata de malicia ni de vanidad, lo único que digo es que los que antaño se adentraron en él no han vuelto a salir. Se han quedado presos en una trama de fibras sensibles..., una suave telaraña en la que, a pesar de los pesares, resulta tan grato forcejear...

Os estaba hablando, pues, de ese momento mágico en que Mamyta la oruga se convierte en una mariposa que revolotea en torno a la luz. Era la época en que yo hacía mis pinitos en la profesión. Tenía catorce años pero aparentaba bastantes más. Mamyta se tomaba la molestia de maquillarme personalmente, realzando los ojos con una línea de kohl que me llegaba hasta las orejas y alegrando los pómulos con una crema a base de cochinilla; para rematar, espolvoreaba un puñado de estrellas doradas por los bucles de la melena. La niña descarada de la calle del Perdón se transmutaba de pronto en princesa; una consumada artista, resplandeciente y refinada, que se diferenciaba, como el día de la noche, de mis competidoras. Las gemelas, que habían entrado antes que yo en la *troupe,* albergaban contra mí unos celos feroces, pues no podían soportar que su madre me quisiera tanto.

Y eso que Mamyta tenía cariño para dar y tomar. El hecho de quererme a mí no mermaba ni un poco el amor que sentía por sus hijas. Prueba de ello eran las miradas de apoyo que nos dedicaba a cada una durante el espectáculo. Me gustaba verla sonreír cuando me subía por iniciativa propia a la mesa redonda. Bailaba para ella. Solo para ella. En momentos así, no se interponía nada entre mi cuerpo electrizado y el magnetismo de su mirada. Imitaba sus gestos, sus miradas de soslayo asesinas, su forma de azotar el suelo con la melena cuando el diablo le poseía el cuerpo. Y mientras las panderetas y los crótalos se ponían frenéticos, yo prolongaba el eco de sus cantos lacerantes y sus cantilenas jubilosas. Cuánto ansiaba parecerme a ella. Más aún, ansiaba ser ella. Deshacerme de mi condición de mortal y colarme en ese traje de luz que vestía ella cuando pisaba el escenario.

Una aparición magistral donde todo está estudiado, medido y calibrado, donde cada detalle tiene su importancia. Rodeada de sus músicos y bailarinas como de una escolta, con paso lento, metiendo la cintura y con la mirada vuelta hacia las estrellas, se presentaba al fin delante de un público entregado e impaciente que ya no podía estarse quieto. Le bastaba con alzar la voz y la histeria se volvía colectiva. Esa voz ronca, rota seguramente por sufrimientos pasados, retumbaba inundando el patio y, a través de los altavoces orientados hacia el cielo, el barrio entero. De pie, conquistadora, con los brazos abiertos y lascivos como las ramas de un cedro que animasen a los gorriones a una parada nupcial, entonaba cantos que mezclaban lo licencioso con lo sagrado, daba rienda suelta a sus demonios para entregarse medio inconsciente a la barahúnda. Entonces el oleaje se adueña de su carne, se adentra en la senda de los escalofríos, alcanza el bajo vientre que se endereza, se traga el ombligo y se afloja lentamente igual que mueren las olas. Y de nuevo las ondulaciones, que se vuelven contagiosas y se transmiten a los asistentes, arrastrándolos a un cabeceo febril.

Los maridos no se quedan cortos, cubren a las mujeres de billetes, cuanto más fluye el dinero más desenfrenado es el ritmo, que se acompasa con el palpitar de los corazones y hace que hierva la sangre. Las mujeres casadas ya no están casadas. Cantan y ríen a carcajada limpia. Vibran igual que nosotras, las profesionales, y nos imitan creyéndose sensuales; pero son torpes, casi vulgares. No con esa vulgaridad fingida con la que jugamos a nuestro antojo, sino la auténtica, sugestiva y cruda, la que vocea su frustración sexual. Entonces nosotras actuamos, más y más, despertamos sus ganas irresistibles de parecérsenos..., de adoptar abiertamente nuestra conducta liviana y disoluta...

Una noche, entre bastidores después de haber cantado, mientras los músicos tomaban el relevo, Mamyta me comentó, mirando a los espectadores en trance: «Fíjate, hija mía, fíjate en cómo bailan esas mujeres, qué felices son... No veo ni madres, ni tías, ni hermanas, ni primas... Son todas amantes... ¿Ves? Tengo el poder de sacarlas un rato de una vida insignificante para convertirlas en dulcineas arrebatadoras..., ¡aunque a mis espaldas las zorras esas me llamen furcia!».

3

Para consolarme de la conducta intempestiva de mi madre, la Tía Rosalie me contó un día que mi aspecto de rumí empañaba el pasado de su hermana. Mi melena rubia paseaba de boca en boca la sospecha de un pecado, que la perseguía desde que nací, amargándole la existencia. Yo era pues, muy a mi pesar, la encarnación viviente de una falta hipotética. Tanto más cuanto que —según la Tía Rosalie, que no solía tener pelos en la lengua— a los veinte años Madre no era precisamente una santa. Fuera como fuese, las vecinas con las que nos cruzábamos por la calle ya se habían formado su propia opinión sobre el particular. Se regodeaban hurgando en la herida mientras me miraban atentamente.

—Pero ¿de qué planeta nos habrá caído esta alhaja, cariño? —preguntaba una.

—Del valle donde florecen los vellones de oro, ¿verdad, gacela mía? —soltaba, burlona, la de más allá.

Mi madre se ponía hecha una fiera.

—Daos una vuelta por el Atlas Medio —replicaba—, ¡y os encontraréis con pueblos llenitos de críos idénticos a mi hija!

—Cierto —se mofaba con tono regocijado la más pendenciera—, ¡los nazarenos nos dejaron recuerdos maravillosos!

Madre renunciaba a esa lucha desigual contra una manada de cocodrilos y seguía su camino refunfuñando.

Pero, a la postre, la que pagaba los platos rotos era yo. Los viernes, en el *hamam,* me tocaba la dosis semanal de alheña en el pelo. El olor acre de la planta se me pegaba a la piel. Apestaba a destripaterrones, a fregona recién llegada de la aldea. Un calvario que tuve que soportar mucho tiempo. Ser la única pelirroja del barrio me convertía en la diana predilecta. Los demás niños volcaban en mí su crueldad, endilgándome los nombres de todos los animales a los que el Cielo había tenido la ridícula ocurrencia de conceder un pelaje rojo. Mientras se tratara de vacas, cabras, raposas o ardillas, podía pasar, pero me sacaba de quicio que imitaran a una mona leonada mientras soltaban chillidos raros; se revolcaban por el suelo y se incorporaban dando saltitos y rascándose la cabeza y las axilas. No, no me escatimaban nada.

A veces volvía a casa llorando sin que a Madre se le viese la mínima señal de compasión. Se quedaba impertérrita. Yo intentaba en vano que se apiadara de mi suerte. Pero si tenía la desgracia de exagerar un poquito, una bofetada traicionera me volvía a poner en mi sitio. «¡Una chica con clase tiene muchas más posibilidades de encontrar marido que una bastarda!» Y a continuación comparaba mis ondas desangeladas con los rizos de Pipo, el caniche de la señora Lamon, la dueña del Palace donde trabajaba el Abuelo.

Me resulta difícil hablar del Abuelo sin soltar alguna lágrima. Lágrima que, por lo demás, no intento contener, pues la alegría y la nostalgia que se mezclan en ella ¡me alivian y reconfortan tanto! El Abuelo, tan tierno, atento y generoso, era el mejor de todos los hombres. Cuando era pequeña me parecía tan alto como un minarete. Pero en realidad no era para tanto. Era filiforme y de estatura media, con un rostro afable de rasgos regulares: ojos risueños rebosantes de malicia, nariz aguileña y, tras el bigote hirsuto, una boca de labios finos que solo se abría para decir cosas amables. Según Mamyta, que por la noche se ponía filosófica después de unos cuantos vasos de *mahia,* su aguardiente de higos favorito: «Hay seres así, cariño mío, que son todo miel, alegría y sosiego. Asiduos de esos *caminos de perfección* que han recorrido durante vidas enteras antes de llegar a la luz de los elegidos. En la superficie de su ser aflora un alma de una limpidez tan atrayente que es una delicia sumergirse en ella... Tu abuelo pertenece a esa raza. Igual que existen otros que no son más que ortigas, espinas y oscuridad, una ralea que vive en los abismos de nuestra bestialidad y con un alma tan negra que les destiñe en el rostro siniestro».

Cuando se emborrachaba, Mamyta se ponía a hablar como Zahia, su amiga de toda la vida, cartomántica de profesión, a la que regularmente acusaban de brujería en la calle del Perdón. Sin embargo, de un modo u otro, todas las mujeres del barrio acababan llamando discretamente a su puerta para consultarla. A Zahia y a Mamyta les hacía gracia. A ambas, pero por distintos motivos, la gente las repudiaba y las apreciaba. Aunque en realidad, más que cualquier otra cosa, las temía; a Mamyta, por su lengua viperina, capaz de propalar los peores chismorreos de fiesta en fiesta; y a Zahia, por los amuletos maléficos cuyos daños eran de dominio público.

Lo cierto es que el Abuelo no era familiar mío propiamente dicho. En una vida anterior, por muy inverosímil que parezca, estuvo casado legítimamente con Mamyta. ¡Como os lo cuento! El señor Omar, portero del Palace, y Serghinia, la joven bailarina, fueron marido y mujer y vivieron bajo el mismo techo en la calle del Perdón. No tuvieron hijos; las gemelas no llegaron hasta más adelante, fruto de un segundo matrimonio que también se deshizo. Pero bueno, todo esto es historia antigua.

Ha llovido mucho desde que se separaron porque tenían vidas incompatibles: él trabajaba de día y ella de noche. Él se pasaba los días tan tranquilo delante de una puerta estática que solo se abría para dar paso a algunos turistas desganados, y ella tenía unas noches endemoniadas, bajo los focos, sumida en un estado de gracia, deseo y furia. Dos mundos que se daban la espalda aunque, en algunos aspectos, podían resultar complementarios. La aventura no duró más de tres años, seguramente los mejores, los más frenéticos y fulgurantes de la vida del Abuelo. Sin embargo, al contrario de lo que les suele pasar a las parejas divorciadas, ellos no se habían enemistado. No se despedazaron ni dejaron que el odio les envenenara el corazón. Antes bien, sus lazos se estrecharon con el paso de los años. No pasaba día sin que el señor Omar se dejara caer por casa de Serghinia para saludarla y enterarse de sus eventuales necesidades domésticas: que si traer algo del mercado, que si cambiar una bombilla o desatascar el lavabo..., era el rey de los manitas.

En realidad, a lo único que aspiraba era a seguir existiendo a la sombra de su diva. Yo se lo notaba en los ojos beatíficos con que la miraba, en el solícito apresuramiento con que le encendía esos cigarrillos americanos larguísimos con el filtro dorado, él, que no fumaba y llevaba un mechero exclusivamente reservado para ese uso. Mamyta era muy consciente de todo y por eso requería tan a menudo su «valiosa ayuda». «¿Qué sería de mí sin ti, Sidi Omar? —exclamaba—. El propio Dios todopoderoso te ha puesto en mi camino».

¡Al Abuelo le sonaba a música celestial! Pedía prestada una carretilla y llevaba tan contento el trigo a moler, se quedaba vigilando el proceso atentamente y volvía a casa con la harina. Luego se afanaba en arreglar esto o aquello, se ofrecía a ir al horno para llevar o traer el pan. Su mayor proeza consistía en degollar las aves que Mamyta criaba en la azotea. Un auténtico corral bullanguero a cuyas molestias habíamos acabado acostumbrándonos. El degüello me espantaba, pero aun así no me perdía tan terrible escena. Con los ojos como platos, varios niños le hacíamos corro, estremecidos con el espectáculo. En un combate perdido de antemano, el gallo inmovilizado bajo el pie del anciano lanzaba chillidos desesperados. Tras una breve oración, el Abuelo le metía el índice en el gaznate al condenado, sacaba el cuchillo y, con un gesto raudo y preciso, nos salpicaba de sangre las sandalias de plástico. Yo salía huyendo en cuanto el animal resucitaba. En un postrero alarde de orgullo, se ponía de pie y ejecutaba una danza macabra. Del suelo subía una nube de polvo mientras se golpeaba contra la pared o la puerta de los vecinos, con la cabeza colgando hacia atrás como la capucha de un albornoz.

El Abuelo, que era portero jefe en un prestigioso hotel de la ciudad nueva y al que la chiquillería apodaba el General por el uniforme granate, los galones con flecos y la gorra amarillo canario que lucía, no pasaba inadvertido por la calle. Reconocíamos de lejos su porte marcial, aunque a menudo lo contrarrestaba la presencia del caniche que le encomendaba con frecuencia la señora Lamon. En cuanto lo veía, me lanzaba corriendo a su encuentro. Con un solo brazo, me pescaba y me subía por los aires, mientras con el otro sujetaba a Pipo, cuya cola trepidante daba fe de cuánto le gustaba volver a la efervescencia de la medina. Para disgusto de los mocosos muertos de envidia, recorría la calle larga y angosta estrechando contra el pecho a dos animalitos felices.

La señora Lamon, cuando se iba a tomar las aguas a Muley Yaacub, le encomendaba la custodia de su caniche. El Abuelo era el único empleado que le merecía confianza en todo el hotel. Sabía que cuidaría de su «nene» mientras ella estaba fuera; lo cual sucedía cada vez con mayor frecuencia a medida que se iba haciendo vieja. El Abuelo pasaba a toda prisa por delante de nuestro callejón porque Madre se negaba tajantemente a que el «chucho» se acercase al umbral de su casa. Decía que los ángeles huyen de los lugares a los que acuden perros.

Semejantes simplezas le hacían mucha gracia a Mamyta, que nos recibía encantada al Abuelo, a Pipo y a mí. Pasábamos tardes deliciosas mirándola coser, bordar, hablar mal de la gente y fumar. Las vecinas y su prole se llevaban lo suyo. No sé por obra de qué milagro lograba inmiscuirse en la intimidad secreta de la gente. Sabía cómo se llamaba la joven que acababa de perder el virgo, la identidad del culpable, el lugar y la hora del crimen...; sabía que fulano se había arruinado, el alcance de los daños y el nombre de quien lo había aojado; que mengano hacía duelo por un pariente lejano... Aquello era un no parar. El Abuelo, Pipo y yo nos quedábamos ahí, pendientes de sus labios, deleitándonos con el té con menta generosamente azucarado y los pasteles de pasta de almendra bañados en miel, y, sobre todo, paladeando los comadreos subidos de tono que ella aseguraba saber de muy buena tinta... A Pipo tampoco le faltaba su cuenco de leche. Aquel caniche estaba hecho toda una estrella. Con el collar de cuero con tachuelas del que colgaba una chapa de cobre, las dos manchas marrones en el lomo y esos rizos tan adorables que le tapaban el hocico, era una auténtica monada.

La señora Lamon estaba muy atinada encomendándole al Abuelo que lo cuidara. Lo atendía como si fuera el hijo que nunca había tenido. Pasada la muralla que separaba la ciudad nueva de la medina, el Abuelo lo cogía en brazos alegando que esa delicada criatura no estaba hecha para el guijo, el hueco de los sumideros de alcantarilla ni los cubos de basura destripados por los que se peleaban por la noche los mendigos y los gatos callejeros. La mugre, la chatarra y los cristales rotos que cubrían nuestras callejuelas podían herirle las frágiles almohadillas. Pipo, de pedigrí aristocrático, había nacido únicamente para disfrutar de los placeres del mundo: música ligera, halagos, viandas refinadas, alfombras de lana de pelo largo, lujosos peinados y, sobre todo, el mármol de Carrara reluciente del amplio vestíbulo del Palace. Que Dios me perdone, pero no me habría importado nada cambiar mi vida por la suya. Que me dieran una comida especial preparada exclusivamente para mí. Que siempre me recibieran en todas partes con una sonrisa, caricias y palabras cariñosas. Ser la favorita de los dioses, querida y mimada de la mañana a la noche... Pero para ser Pipo no basta con desearlo.

4

¡Ay, Abuelo! Sin Mamyta y sin ti no habría sobrevivido al caos de mi infancia, a los gritos que ahoga el rechazo, a los dolores prohibidos, a los ecos que se apagan a lo lejos, drenando los recuerdos rancios, los alientos fétidos, la espuma de las palabras sucias y la sombra de las manos monstruosas que te agarran del pelo, que te hunden la cara en el relleno de una almohada húmeda de sudor... Dios mío, cómo odio esas cloacas de la memoria donde se revuelca la infamia, esos recovecos oscuros de los que el crimen hace su territorio... Sin tu cariño, Abuelo, habría sucumbido a la llamada de la parca, a sus cantos de sirena, a los susurros que se intensificaban cuando dejaba de respirar y solo dependía de mí no regresar nunca... Desde lo alto de mi burbuja flotante y a pesar de la penumbra, vislumbraba un cuerpecillo que yacía bajo una mole amorfa. Tiene miedo. Está temblando. Se ha quedado sin voz. Sus gritos ya no son gritos sino estertores casi inaudibles e impotentes. Se parece a esos gorriones a los que llevábamos presos todo el día en nuestras manos de niños y que, al caer la noche, acababan por morirse de asfixia o de pena... ¡Ay, Abuelo! Sin los brazos que me tendías como si nada, sin la dentadura postiza que exhibía permanentemente tu sonrisa, sin esos ojos empañados de ternura con los que mirabas mis padecimientos, me habría rendido, ¿sabes?, ¡para siempre! Me habría apeado de la vida, habría quemado mis sueños en la plaza pública. Y alrededor de las llamas, tal y como hacía Mamyta las noches de trance, habría hecho temblar el suelo con mis talones y mi rabia, habría bailado y vuelto a bailar hasta que me flojearan las piernas, hasta la caída liberadora. Y allí, tendida en el suelo, con la mirada en las estrellas, habría visto marcharse este cuerpo, igual que una brizna atrapada en el torbellino de los ángeles caídos, sus semejantes.

Ya ves, Abuelo, me lío a hablar como los *griots* de la Plaza; ese lugar mágico donde me refugiaba cuando Mamyta se iba de viaje y el miedo volvía a dominarme. Sin vosotros dos, estaba perdida; el aire se tornaba irrespirable y la calle del Perdón, angosta y peligrosa. El hervidero de la Plaza me reconfortaba: el bullicio, la música, el humo, las bicicletas, las calesas, los vendedores ambulantes, los revendedores de cigarrillos sueltos, los puestos de comida, los carteristas y los policías que los persiguen... Todo un mundo en el que, curiosamente, me sentía segura. Me pasaba allí el día entero, vagabundeando de espectáculo en espectáculo, deslumbrada por las proezas de los artistas. Del domador de palomas al médico de insectos, del amaestrador de monos sabios al contorsionista, de los acróbatas al encantador de serpientes... El único que lograba retenerme durante horas era el narrador, porque sus cuentos no se acababan nunca.

Al cumplir diez años dejé de escaparme yo sola: rondar por la Plaza se había vuelto peligroso por culpa de los «sobones», unos energúmenos que la toman con tu trasero y se te pegan para restregarse con el miembro tieso.

La elocuencia de los narradores me fascinaba. Más adelante topé con sus hermanos entre los poetas anónimos que Mamyta cantaba, además de inculcarme, día tras día, el significado, la hondura y los infinitos tesoros que albergaban.

Aquí me tienes, Abuelo, en este cementerio donde descansas. Este recinto triste y abandonado a su suerte que han tomado las zarzas, los vendedores de higos secos, los mendigos que apestan a sebo y los lectores del Corán que salmodian versículos macabros sobre el fin del mundo. Se abalanzan como rapaces sobre los escasos visitantes que flaquean ante la tumba de los suyos. El dolor los atrae como la sangre a los vampiros. Se las dan de interlocutores entre el hombre mortal que eres y el Señor, exhibiendo las llaves del Paraíso que pretenden poseer, con tal de que les arrojes una moneda. A mí no se me acercan. Llevo tanto tiempo viniendo al recogimiento de tu tumba que ya me conocen. Saben que no les voy a dar ni un céntimo. Me asquea la gente que se aprovecha de la debilidad ajena. ¿Qué, te parezco mala persona? No, Abuelo, lo único que hago es defenderme. Además, en gran parte te lo debo a ti. Tú me enseñaste a devolver los golpes. A no quedarme callada. Sin ti, seguramente nunca habría dejado a los míos cuando era adolescente...

Todavía me acuerdo de esa frase que te gustaba repetir: «Hijita, con una nadería se repara y con una nadería se destruye».

Creo que la buena o la mala suerte reside en esas naderías que, ahora lo sé, inclinan la balanza hacia el lado bueno o el malo. Depende. El color rubio de mi pelo es un buen ejemplo. Mientras que Madre lo convirtió en su principal motivo de desesperación, Padre lo utilizó para acallar su conciencia, porque frente a la ignominia no basta con cerrar los ojos. Los rumores que desataba ese color acabaron sembrando el odio y la violencia en nuestro hogar. Un color que en cualquier otra parte habría resultado anodino, un detalle nimio, una nadería, y que sin embargo dio origen a la historia que he decidido contaros hoy. Mi historia.

Me llamo Hayat. En árabe significa «la vida». ¿Qué os parece? Yo solita era «la vida», con su frescura, su luz y sus promesas. En realidad, todos los niños de la tierra deberían llamarse igual que yo. Para recordarles a los adultos que hasta el último mocoso que corre descalzo por la calle del Perdón es de por sí un mundo entero. Un mundo de infinita riqueza, complejo, imprevisible, en ocasiones inconstante, pero tremendamente frágil.

Debí de nacer sin pelo, porque no guardo recuerdo de ninguna herida antigua. A Madre debió de gustarle el pedazo de masa blanca que acababa de traer al mundo. Si me bautizó así, tuvo que ser porque ambicionaba grandes cosas para mí. Esa criatura tan peculiar que no paraba de rebullir llevará un nombre que le viene grande. Te llamarás «la vida», hija mía. Serás la sombra y la luz, el agua, el fuego, el cielo tachonado de estrellas, la luna muda y su majestad el sol. Serás la fruta madura, la sonrisa del ángel, la brisa del atardecer de verano y las estaciones caprichosas. Serás el fluido que nace del abrazo de los amantes, la caricia de la mariposa en la linde de un beso, serás el perfume mareante de los dondiegos de noche que se vuelven insomnes, serás, serás, serás...

No fui nada de todo aquello. La gran promesa de mi nombre se diluyó en un diminutivo menos glorioso. Hayat se convirtió con toda naturalidad en Huta, que significa «pez». La vida de la que podía enorgullecerme se la llevó un pez escurridizo. Pero no todo estaba perdido. De ese pez aprendí que en la huida está la salvación; aprendí el arte de ocultarme cuando las cosas se ponían feas; aprendí también a poner tierra de por medio cuando los seres humanos se convertían en animales.

Ignoro si la imagen del pececito meneándose en un moisés es real o solo se la imaginó la artista que flota en su burbuja. ¿Cómo puede explicarse semejante desdoblamiento? Ser a la vez el personaje del cuadro y el observador. Y, sin embargo, tengo la certeza de haberme visto cuando era chiquitina, en mi moisés acolchado y cubierto de lino blanco. Recuerdo como en una película los ojos negros de la Tía Rosalie inclinándose sobre mi carita y repitiendo lo que iba a convertirse en la cruz de mi madre: «¡Pero qué angelito del norte tan maravilloso!». Ahí estaba, ya lo había dicho alguien. Aquella expresión recorrió el barrio como un reguero de pólvora, adoptando todas las formas del cinismo. La malevolencia de las vecinas alcanzaba su apogeo en caso de riña. Me ponían entonces en primera línea para desestabilizar a mi madre. El ángel del norte era su punto flaco. El arma letal que las arpías utilizaban para destruirla, con la que hurgaban y hurgaban en la herida hasta que se rendía del todo. Tras el «ángel del pecado» vino «la bastarda del norte» o, peor aún, «la basura de los rumíes» y otros mil insultos que no me atrevo a repetir. Y, como siempre, al llegar a casa, Madre se desquitaba conmigo. Me llovían las bofetadas porque sí. A veces me mordía tan fuerte que las marcas me duraban mucho tiempo. Debía de estar trastornada para pegarme con tanta saña. ¡Qué más da! Yo me desmayaba cuando sus ojos encarnados se confundían con los de Padre. Él, algunas noches, me encerraba en su cuarto para castigarme y quererme a la vez. Me gustaba desmayarme porque así no sentía nada. Ni el dolor. Ni las palabras que se volvían como murciélagos y se me agarraban a la carne.

A veces, al recobrar el conocimiento, me encontraba acurrucada entre los brazos de mi madre. Me estrechaba cariñosamente y lloraba como una niña.

5

Aida y Sonia eran unas malas pécoras. Nacieron siendo malas pécoras. Y seguramente se morirán de la misma forma que vivieron. De pequeñas, su maldad se limitaba a empujones e insultos erizados de blasfemias que a veces degeneraban en palizas, cuando Mamyta se iba fuera de la ciudad. Esto sucedía a menudo porque la diva estaba muy solicitada a lo largo y ancho del reino. Las gemelas aprovechaban para chincharme. Yo las veía venir de lejos y me esforzaba en no hacerles ni caso. Me negaba a entrar en el juego porque sabía lo mal que acababa. Pero ellas no dejaban de provocar, las insinuaciones se afinaban y se aguzaban con palabras crudas e hirientes, se emponzoñaban hasta resultar insoportables. Y entonces pasábamos a las manos, con la inevitable zurra salpicada de gritos, insultos y escupitajos. Paralizada en mitad del patio, Hadda, la anciana criada, asistía al espectáculo sin poder reaccionar. También ella tenía pavor a las gemelas.

Sin embargo, aun siendo dos contra una, yo conseguía mantenerlas a raya. Es más, les dejaba bastante perjudicadas esas caras odiosas: me centraba en una sola presa y le clavaba las garras en la carne, la mordía y le arrancaba mechones de pelo, mientras dejaba que la otra se desfogara a gusto contra mi espalda, mi nuca y mis nalgas. Era una opción como cualquier otra. El Abuelo, que hablaba como la señora Lamon, decía que no había que perseguir dos liebres a la vez. Así que puedo deciros que la que caía entre mis manos pasaba un mal rato. Como la naturaleza me había dotado de la fuerza de un chico, sacudía como un chico. En realidad, nadie salía ileso de esas riñas, de las que todavía conservo algunas huellas.

Por aquel entonces, yo siempre iba con un ojo morado, algún chichón o arañazos por doquier. Madre se guardaba muy mucho de regañarme porque cabía dentro de lo posible que esas heridas fueran obra suya o de Padre. La única que se preocupaba era Mamyta, al día siguiente, cuando se le pasaba la borrachera. Abría los ojos trabajosamente y se llevaba las manos a las mejillas mirándome de hito en hito: «¿Qué te han hecho esta vez esas víboras?».

Yo agachaba la cabeza y soltaba una lagrimita; algo teatral, no lo niego, pero que tenía su importancia en caso de castigo. Por lo demás, por muy dura que se pusiera Mamyta, sus hijas seguían sintiendo el mismo rencor. Tampoco funcionó el tratar de amansarlas. Intentó explicarles con medias palabras el calvario que yo sufría, pero a las gemelas las traía sin cuidado. Me seguían viendo como un estorbo en un espacio que supuestamente les pertenecía. El Abuelo era el único que lograba imponernos una tregua. Sus argumentos eran irrefutables: garbanzos torrados, chicles y caramelos. Y esos bombones del Palace que se derretían en la boca liberando un jarabe delicioso, una de las exquisiteces celestiales que Dios nos tiene reservadas en el Paraíso. «Ya será del infierno, el licor ese», se mofaba Mamyta, esbozando una sonrisa mientras nos miraba paladear el pecado.

Pero el Abuelo ponía previamente unas condiciones estrictas: teníamos que darnos un beso y prometer que dejaríamos nuestras estúpidas peleas de una vez por todas. Entonces nos sacábamos de las entretelas a dioses y profetas, y jurábamos por todos los santos que la paz sería definitiva y duradera. Estábamos dispuestas a lo que fuera a cambio de un cucurucho de «pepitas de sol», esas pipas levemente saladas de sabor único. Nos chiflaban. Entre nosotras reinaba una repentina cordialidad. Pero ¡qué poco duraba! En cuanto Mamyta me hacía una carantoña, volvían a ponerse rabiosas. Desenterraban el hacha de guerra, abrían como platos los ojos de bruja y volvían a meterse conmigo.

Lo cierto es que Mamyta no dejaba de tener parte de culpa en nuestra enemistad: no paraba de compararnos poniéndome a mí de modelo. «¡Poneos derechas! Que no sois jorobadas, fijaos en Hayat... Estas niñas huelen a chivo, ¿a que sí, Hayat?...» Así todo el rato. Si a eso le sumamos la pereza natural de las gemelas y la alergia que le tenían a limpiar la casa y cocinar, yo me convertía en la enemiga que había que liquidar. Cuando Mamyta se sentaba detrás de la máquina de coser (una Singer de primera, negra y dorada, de la que salían *ganduras* preciosas, blusas, manteles, fundas de almohada y otras mil maravillas), las gemelas se esfumaban para no ayudar a su madre.

No así yo, que, antes bien, le ofrecía encantada mis servicios. Me sentaba al lado de Mamyta y me pasaba la tarde dándole a la rueda con una destreza de profesional. Seguía atentamente todos sus movimientos y la dirección de la costura; iba más despacio cuando la tela estaba más gruesa por los dobladillos y aceleraba en las líneas rectas. No me hacían falta indicaciones, me anticipaba a sus necesidades y arrancaba justo a tiempo, como si le leyera la mente.

Me gustaban esas reuniones de mujeres que venían de horizontes distintos. Algunas eran ricas, y otras pobres. Todas acudían, con el pretexto de hacerle arreglos a la ropa blanca, a disfrutar de la gracia arrolladora de Mamyta, sus cotilleos inéditos de jugosa malignidad y los chistes verdes cuyo epicentro siempre estaba por debajo de la cintura, y que transformaban el salón en una auténtica pajarera; todo eran cacareos y carcajadas, darse palmadas en las rodillas, taparse la cara con el vuelo del caftán... Momentos gloriosos en los que el té con menta corría a raudales y Hadda pasaba una y otra vez con la bandeja repleta de golosinas: *briuats* bañados en miel, cuernos de gacela, roscas de almendra e infinidad de dulces aromatizados con flor de azahar. Las vecinas disfrutaban de lo lindo. Lo cual explicaba sin duda su imperial anatomía, las papadas triples y las lorzas que les bajaban torrencialmente por los costados.

La Tía Rosalie era la mejor amiga de Mamyta desde niñas y no se perdía por nada del mundo esas alegres reuniones. Su presencia me daba la sensación de estar viviendo aún en casa, por lo mucho que se parecía a mi madre; bueno, las pocas veces en que esta sonreía. Zahia, la vidente, no se quedaba atrás, con el pandero tan gordo como un fardo con las gemelas dentro y que habría sido la envidia de las *mammas* africanas. Nos reconcomía una pregunta: ¿cómo demonios lograba seguir de pie sin caerse hacia atrás? Basándose en la lógica, el Abuelo sostenía que las dos sandías que hacían las veces de busto actuaban como contrapeso. Era una cuestión de equilibrio, sin más. Zahia se reía de buena gana, sobándose la pechuga. El caso es que una vez sentada era incapaz de volver a levantarse. Hadda, la valerosa sirvienta, se encargaba de ayudarla discretamente.

Aunque la vidente fuera un pilar de nuestro salón, tenía el tiempo dividido entre nosotras y los fantasmas de las inmediaciones; se pasaba horas echándoles las cartas a clientes invisibles: *yinns* desesperados que también acudían a consultarla. Soliloquios enigmáticos, movimientos circulares con la mano por encima de las cartas y un índice tamborileando sobre el caballero, la reina o el rey..., toda una coreografía misteriosa que nos intrigaba y divertía a partes iguales. Si una carta salía del revés o tenía que ver con otra que consideraba nefasta, se desencadenaba una metamorfosis inmediata. Una retícula de arrugas le ponía seria la cara, se le alteraban los rasgos bajo la maraña de las cejas fruncidas y no había ya quien la reconociera.

Me recordaba al Abuelo cuando los críos del barrio le faltaban al respeto u ofendían nuestro honor. El General renunciaba a los galones y a los modales aristocráticos heredados del Palace para convertirse en soldado raso, mero miembro de la tropa a quien no le quedaba más remedio que coger guijarros para tirárselos a los golfos... Sus insultos también se impregnaban del color local: el de la basura y el moho de la calle del Perdón. No me gustaba, pero me solidarizaba con él. Lanzaba por los aires todo lo que pillaba a mano. El Abuelo iba a por mí corriendo y me cogía en brazos para protegerme de los proyectiles que nos devolvían los granujas. Su anciano rostro era igual que el de Zahia cuando las gemelas entraban en el salón; esas dos salvajes a las que los espíritus acusaban de querer matar a su madre.

Así era nuestra cartomántica: todo un mundo propio, estrambótico y temible a partes iguales. Si me daba por reírme de ella, Mamyta me pellizcaba por debajo de la mesa y me regañaba con la mirada. Molestar a su amiga en sus escapadas ocultas no solo era de mala educación, sino muy peligroso para el inconsciente que lo hacía. «¡Basta con que se ofenda un *yinn* para que el culpable se quede para siempre con una mueca en la cara!»

Si bien Mamyta estaba dispuesta a hacerle arreglos a la ropa de las vecinas, quedaba descartado que le prestara a nadie, fuere quien fuere, la única máquina que existía en la calle del Perdón. ¿Acaso no era ella la que se había gastado una fortuna para traerla desde Ceuta, cruzando todo el país de norte a sur para llegar hasta nosotros? Por mi parte, y lo cuento sin ninguna presunción, tenía el honor de ser su guardiana oficial. Mi misión consistía en velar por esa maravilla que todo el mundo codiciaba. La acicalaba, abrillantaba y mimaba. Con la aceitera, le engrasaba las bielas y los engranajes. Le lustraba el esmalte y la trataba como a una reina.

En cualquier caso, esas tardes alrededor del milagro Singer en el salón largo y estrecho de Mamyta eran una delicia. Me aportaban el cariño y el sosiego que tanto echaba en falta. ¡Cuántos recuerdos gozosos, de canciones y de ataques de risa! Si acontece aún hoy que me sumerja, a pesar mío, en el pasado, lo único que sube a la superficie es aquella temporada, como si lo demás nunca hubiera existido. Como si Mamyta y el Abuelo hubieran sido mi única familia. Por instinto de supervivencia, había conseguido borrar de mi memoria los recuerdos sucios y que estorbaban. Los que me amargaban la vida y la hacían insoportable. Pero las sombras taimadas son tenaces. Regresan una y otra vez a rondarme por las noches, cuando bajo la guardia. Me inundan de pena los ojos y el corazón y luego se ponen a bailar en mis sueños, llevándome de vuelta a las tinieblas de las paredes malditas. Entonces aparezco encima de una alfombra en movimiento. Siempre la misma. No la que me encuentro por las nubes cuando estoy en mi burbuja, esa que usan los viajeros de los cuentos lejanos. No, esta alfombra está hecha de fibras vivas. Noto cómo me rebullen bajo la piel. Son las cucarachas que me llevan al arroyo y a las cloacas.

6

Hace mucho tiempo, el Abuelo nos contó cómo eran el Palace y sus tesoros con tanta fantasía y minuciosidad que me daba la impresión de conocer hasta el último recoveco, los motivos de las colgaduras de las paredes, los cuadros con sus lujosos marcos calados, los sillones de cuero de las alcobas, los bares bautizados con nombres de músicos famosos y los restaurantes donde se cambia de continente en un santiamén, porque China linda con Italia y el Líbano está a dos pasos de Francia. Sabía la ubicación de los *hamams* del sótano; de las salas de deporte con sus máquinas de tortura; de las de cuidados, donde la bata y las zapatillas de felpa blanca son de rigor y donde las masajistas profesionales, que pueden ser de Suecia o de la *kasbah* de al lado, sin ir más lejos, te hacen tratamientos corporales con aceite de argán, bálsamo oriental y otros ungüentos aromáticos. Conocía las *suites* regias donde se habían alojado las celebridades... Podía hablar de todo ello como si hubiera vivido allí en una vida anterior, como si la señora Lamon hubiera sido mi abuela o me hubiera adoptado a mí en lugar de a Pipo. En definitiva, que me creía una autoridad en el tema.

La primera vez que el Abuelo me llevó al Palace descubrí un mundo en las antípodas del que me había imaginado, una curiosidad que difícilmente podía concebir la cocorota de un habitante cualquiera de los barrios bajos. Los límites de mi imaginación se detenían en el umbral de ese cuento de hadas. El vestido de flores que había cosido Mamyta, la diadema roja y las sandalias de plástico que llevaba desentonaban en aquel entorno muelle, suave y fastuoso. Como una nota desafinada en la partitura de un gran compositor o un hierbajo trasplantado al jardín del Edén, me sentía fuera de lugar. Los ojos, abiertos como platos, me revoloteaban de un objeto insólito a otro: una escultura de bronce, un techo esculpido, un cuadro donde los caballeros, enarbolando la espada en pleno campo de batalla, parecían querer salirse del lienzo; y más allá, arrodillados delante de la tienda de campaña donde descansa su amo, unos esclavos esperan, resignados, a que vayan a darles órdenes... Comparada con las alfombras de seda con flores pasmosas que se alineaban una tras otra, la alfombra de oración cuyos arabescos me fascinaban en casa de repente me pareció insignificante. «Son de Qom», me dijo el Abuelo apretándome la mano, unas maravillas que había tejido el genio persa. Me presentó a desconocidos que vestían uniforme azul sin galones. Simples soldados que, por respeto al General, me iban besando por turno. El Abuelo especificaba que yo era su nieta favorita. Como solo tenía una (porque él también aborrecía a las gemelas), no era una mentira muy gorda. Me costaba seguirlo, sus zancadas de gigante me obligaban a correr. Es fácil caerse en un suelo tan liso, tan reluciente de puro limpio. El mármol de Carrara cubría la extensa superficie del vestíbulo, cuyo centro presidía una araña imperial, una proeza humana compuesta de un millón de caireles que brillaban con reflejo nacarado; cristal de Bohemia, según el Abuelo.

La calorina del verano se había detenido en seco en la puerta principal del Palace. Había tomado el relevo una templada primavera de plantas rozagantes, aves cantoras y música etérea cuyas armonías, que transportaban unas mariposas invisibles, hacían cosquillas en los oídos. Acordarse aquí de nuestras panderetas y nuestros crótalos resultaba indecente, cuando no de una vulgaridad crasa. Nos sumamos al grupo que nos estaba esperando con entusiasmo. Hombres y mujeres charlaban en torno a una mesa sorprendentemente larga. Los vecinos de la calle del Perdón podrían haber cenado allí todos juntos sin sentirse apretujados. Fuentes cubiertas de redondelitos y cuadraditos multicolores se alineaban a lo largo de los manteles blancos, primorosamente planchados. Unos elegantes camareros pasaban una y otra vez con su bandeja, ofreciendo toda clase de bebidas. A mí me dieron un vaso grande de refresco que me bebí sin tardanza.

Para celebrar la jubilación del Abuelo, la señora Lamon había invitado a todo el personal a un banquete fastuoso. Cuarenta y cinco años de buenos y leales servicios bien lo merecían. Siempre en su puesto, de una puntualidad a toda prueba y en posición de firmes delante de la puerta que había abierto y cerrado millones de veces, el Abuelo era una leyenda en el Palace. Durante esas largas décadas había visto pasar a mucha gente, desde la más humilde a la más poderosa. Los clientes lo conocían por su nombre, incluidos los «peces gordos» que estaban sentados acá y acullá, bebiendo a sorbitos de vasos con formas extrañas. El Abuelo me los señalaba con la mirada: ese es ministro; aquel, director de banco; el de la pajarita, dueño de un casino... Sus prestigiosos amigos le palmeaban el hombro y le decían cosas amables, otros le deslizaban un billetito en la mano como muestra de amistad. Al Abuelo lo ponía muy orgulloso. En cuanto me alejaba de él, me seguía con los ojos. Me había prohibido salir al jardín, donde había varias personas sentadas debajo de unas sombrillas gigantescas. Recelaba de la piscina azul, que yo miraba de reojo con avidez.

Me alegró ver que Pipo venía corriendo hacía mí. Me había reconocido y se lanzaba a mis brazos. También él olía al Palace. Con su nuevo corte de pelo se parecía a los peluches que se veían en los escaparates de la ciudad nueva. Un peluquero inspirado le había dejado pelado parte del cuerpo, dejando que los rizos le invadieran la cabeza y el hocico. En la punta de la cola, un pompón ridículo firmaba la obra del artista. La señora Lamon nos había obsequiado con golosinas. Pipo y yo mirábamos los regalos en esos paquetes tan bonitos, realzados con cintas de colores. El Abuelo no se había atrevido a abrirlos para no empantanar el vestíbulo de cajas y papeles. Su jefa le ofreció enviárselos a casa, cosa que él aceptó muy contento. También me invitó a ir a bañarme si me apetecía. Yo acepté rotundamente con la cabeza, pero el Abuelo se opuso so pretexto de que no sabía nadar.

Poco a poco, el gentío se había ido trasladando al jardín; se formaron grupos afines, los directivos con los directivos y los subalternos entre ellos. Por doquier brotaban risas y bromas, reflejo del buen humor general. El Abuelo era el protagonista, y los compañeros competían por su atención rememorando por turno peripecias pasadas, anécdotas que él confirmaba aunque no acabase de recordarlas. Luego, al sentarse a una mesa del jardín donde estaban reclamando nuestra presencia, volvió a sumergirse en el pasado. Palmeras gruesas rodeaban la explanada: palmas canarias, según me dijo, más imponentes y majestuosas que las datileras del palmeral. Plantas aromáticas que trepaban por las fachadas perfumaban el aire que respiraban unos rumíes medio desnudos que estaban tumbados al borde del agua, bajo un sol de justicia. Era la primera vez que yo veía tanta agua junta en el mismo sitio; parecía un pedazo de cielo que la varita de un mago hubiera vuelto líquido; en ella flotaban tranquilamente varias cabezas rubias que, sin avanzar apenas, iban dejando una tímida estela ondulante. Estábamos a años luz del pilón de la fuente pública que llamábamos «piscina»: un metro cuadrado de cemento con un brocal sarnoso. Ahí nos bañábamos por turnos cuando el calor se volvía insoportable. Jugábamos a salpicarnos. Les hacíamos perrerías a los aguadores, cargados con un cubo en cada mano y atrapados en el aro que impedía que estos les golpeasen las piernas. Como no podían perseguirnos, se limitaban a vociferar insultos, escupiendo de rabia. El Abuelo me reñía cuando me pillaba por ahí rodando con los golfos de la calle del Perdón. Yo había dejado de ser su víctima propiciatoria desde que un jorobado había ido a vivir a una calleja contigua. Había ocupado mi lugar y le caían a él todos los sarcasmos. Había desbancado a mi pelo rubio, que ya no le molestaba a nadie. Soltarle palmadas en la chepa al pobre desgraciado se había convertido en nuestro deporte favorito. Y yo no me andaba con chiquitas, sellando así mi pertenencia al bando de los verdugos.

Ignoro por qué aquella fiesta adquirió tanta importancia en mis recuerdos infantiles. ¿Quizá porque fue el primer contacto que tuve con un mundo al que aspiraba? Puede ser. En cualquier caso, al cabo de treinta años seguía notando un nudo en la garganta al acordarme de cómo se emocionó el Abuelo cuando la señora Lamon pronunció el discurso; un sentido homenaje que pasaba revista a sus hechos memorables, la entrega con que velaba por la seguridad y la tranquilidad de los clientes, su olfato para desenmascarar a carteristas y guías falsos, su legendaria amabilidad y, sobre todo, su fidelidad a los Lamon desde que abriera el Palace... Alabó tanto al anciano que se le escurrió una lágrima por la mejilla. Yo sabía que el Abuelo era importante, pero no hasta tal punto. Estaba de pie junto a la tarima, humilde, un poco abrumado. Me sonrió cuando me vio en los ojos empañados lo orgullosa que estaba.

¿Te acuerdas, mi General? Después de la fiesta dimos un rodeo muy largo, bordeando las murallas a la sombra de los naranjos amargos y los jacarandás en flor. El muro horadado de huecos albergaba una colonia de gorriones. Los nidos de cigüeña lo coronaban en lo alto de las almenas. La alegre fealdad de esas criaturas hechas para viajar me hacía gracia.

Guardando el equilibrio a la pata coja y con el pico vuelto hacia la montaña, soñaban ya con marcharse de nuevo. Mientras andabas, ibas canturreando melodías antiguas y me animabas a cantar contigo. A veces me alzabas cogiéndome por las manos y te convertías en mi columpio. Girabas tan deprisa que me echaba a volar. Las calles, las paredes, los hombres y los animales se me confundían en los ojos, que intentaba no cerrar. La tierra apisonada se imponía, reduciendo el paisaje a una banda ocre, tan ligera como una hoja arrastrada por el aliento de tus carcajadas. Y entonces yo también me reía, lanzaba al aire una mezcla de gritos de alegría y de miedo. Con el corazón palpitante y el pelo al viento, me dejaba llevar como una pluma en un torbellino, como un pájaro resignado en una borrasca. Hasta que volvía la calma y tu rostro recuperaba la nitidez y adoptaba de nuevo los rasgos de la ternura. Esa inmensa ternura tuya, mi General. Aunque estabas sin resuello, cuidabas mucho de que aterrizase con suavidad. A los once años yo ya no era un peso pluma. Pero el día aquel tenías energía de sobra. Las alabanzas de la señora Lamon te habían insuflado un ardor juvenil. El mocetón veinteañero que había inaugurado el Palace estaba de vuelta. Y con él, los efluvios de antaño, imágenes revueltas, historias medio disfrazadas, llamas que creías extintas, heridas que nunca cicatrizaron... En eso consiste la memoria de los hombres: cajones que se abren y se cierran con una palabra, un perfume, un color o un escalofrío. El padre de la señora Lamon debió de significar mucho para ti. Hablabas de él con admiración y deferencia. Me describías sus bigotes ganchudos y sus antiparras; su floreciente panza acostumbrada a los excesos, que se burlaba de las dietas que su mujer trataba de imponerle desesperadamente; su voz grave y su porte de leñador; su apretón de manos recio y su sentido de la justicia. Un pobre extraviado entre pudientes. Tú acababas de bajar de la montaña cuando te ofreció una oportunidad. Nunca te habrías ganado los galones sin la confianza que ese hombre depositó en ti. Y fuiste digno de ella. La señora Lamon lo repitió una y otra vez en el discurso.

  ¿Te acuerdas de lo que pasó al día siguiente de la fiesta? El primer día, cuando todos los jubilados se pasan la mañana remoloneando en la cama, tú no cambiaste ni un ápice tus costumbres. A las ocho en punto, como todas las mañanas de los últimos cuarenta y cinco años, en posición de firmes delante de la puerta, afeitado, perfumado y jovial, con el uniforme planchado y expresión noble, allí estabas tú, presente. ¿Cabía esperar otra cosa? Los compañeros se te quedaban mirando, incómodos, y cuchicheaban entre sí. En el vestíbulo reinaba un revuelo inusitado, como si al Palace estuviera a punto de llegar un príncipe. Normalmente, tú eras el primero en saberlo. ¿Y qué? Ese malestar generalizado no te incumbía. Totalmente entregado a la tarea, abrías y cerrabas la puerta, sonriendo a los clientes y acariciándoles la cabeza al pasar a los niños, fascinados con tu atuendo. El hecho de que a tu lado hubiera un portero joven debería haberte puesto sobre aviso. Lo echaste sin miramientos, mientras él protestaba y aseguraba que le habían asignado ese puesto la víspera. Te reíste en sus narices. ¡Menuda herejía, encomendarle la entrada principal a un novato! Tenía que tratarse de un error. Seguramente le habrían encomendado la custodia de una puerta menos importante, pensabas tú.

Los recepcionistas y los conserjes no tardaron en avisar a la señora Lamon e informarla de que habías vuelto. En tu cabeza, Abuelo, la «jubilación» no era más que una palabra sin consecuencias, un pretexto maravilloso para celebrar una fiesta, recibir regalos y descubrirle tu mundo fabuloso a tu nieta favorita. Una multitud de responsables se esforzaban en explicarte lo ridícula que era la situación. Como hablaban todos a la vez, no entendías ni jota de esa algarabía: vacaciones eternas, merecido descanso y otras paparruchas.

La señora Lamon acabó acercándose al grupo, detrás de Pipo, que se puso a olerte los zapatos. En posición de firmes delante de la puerta, como la víspera y la antevíspera y todos los demás días desde la noche de los tiempos, allí estabas tú, muy atento, al servicio de su majestad el cliente.

¿Te acuerdas, Abuelo? Cómo sonreía la anciana cuando, fingiendo estar enfadada, se dirigió a esa turba inquieta y bulliciosa:

—¡Ya está bien de molestar a este hombre, caramba! ¡Lo están distrayendo de su trabajo! ¡Vuelvan a sus puestos, por favor!

Y luego, dando media vuelta, hizo mutis igual que había llegado, siempre detrás de Pipo que iba meneando el pompón.

Dos años adicionales en el Palace, donde por orden expresa de la dueña todos te habían tratado con consideración y respeto. Te nombraron portero jefe de la entrada principal, encargado de supervisar a los jovenzuelos que abrían y cerraban ahora la puerta de cristal. Desde una silla colocada cerca del conserje tenías una visión de conjunto que te permitía anticiparte a los posibles incidentes. Te tomaste muy a pecho el nuevo cometido de enseñarles a esos «cabezas de chorlito» las sutilezas del oficio, la importancia del primer contacto con el cliente y las virtudes de la sonrisa para el alma humana, insistiendo en la calidad del recibimiento, que tú instituías como «pilar de la civilización». Esas eran tus palabras, Abuelo, que ellos escuchaban con devoción. Querían parecerse a ti para merecer los galones que habían conseguido sin luchar. Y eso que los tratabas sin ningún miramiento. ¡Ay del que llegara tarde, o no se comportase como es debido, o le faltara un botón en el uniforme! Eras intransigente, sí, pero sin maldad. Eras incapaz de hacerle daño a una mosca. Todos lo sabían. Empezando por los camareros. Te tenían en palmitas y se pasaban el día entero ofreciéndote té con menta y golosinas. Yo lo aprovechaba cuando Mamyta se iba de la ciudad. Para que no me quedara sola con las gemelas, me dejaba a tu cargo. Cómo me gustaba estar contigo, deambular de la calle del Perdón a los grandes bulevares, de los jardines de la mezquita al puesto de helados al pie de la muralla, y adueñarme contigo del Palace, donde me convertía en princesa. Me portaba con mucha discreción para no estorbar. Me conformaba con admirar cómo reinabas sobre las puertas del paraíso. Cuando no estaba jugando con Pipo, me quedaba absorta en los tebeos que me traía la señora Lamon... Y yo me atiborraba de bombones prohibidos.

Solo dos años. Dos añitos de nada antes de que te marcharas. Sin avisar siquiera, tuviste la mala, la desastrosa idea de irte del Palace. Y de marcharte. Pero esta vez de verdad.

Cuántos huérfanos dejaste, mi General.

7

Las noches de diciembre son gélidas, incluso a las puertas del desierto. Tenía catorce años la última vez que me *(des)poseyeron.* Me acuerdo como si hubiera sido ayer. Mientras subía al piso de arriba para darle el masaje en los pies a Padre, llevando una palangana de agua caliente con sal gema, oí una voz familiar. Retumbaba por todo mi ser, venía de muy lejos, como de un pozo sin fondo. Se parecía a la del Abuelo cuando me encontraba en un rincón, callada y triste, con la cabeza metida entre las rodillas. Aun siendo todo un General con uniforme incluido, se acuclillaba a mi lado, se aclaraba la garganta y, con esa voz pedregosa que tenía, se ponía a contar chistes viejos para arrancarme una sonrisa. En cuanto alargaba la mano para acariciarme la cabeza, yo rompía a llorar. Me gustaba llorar entre los brazos del Abuelo. Me estrechaba contra el pecho y me susurraba al oído palabras ininteligibles, pero con una voz tan dulce y una forma de mirarme, con esos ojos brillantes, que me daba la extraña sensación de captar su significado e incluso su sustancia.

Hoy no vas a desmayarte. Seguirás con los ojos abiertos. Mirarás fijamente la mole inmunda que te envolverá el cuerpo y seguirás respirando. Habla si quieres, chilla si te da la gana, salmodia el Corán. ¡Anda, qué buena idea! ¡Cánticos en pleno infierno! Algún versículo te habrás aprendido... ¡Las primeras suras se las sabe todo el mundo! Utilízalas como un escudo o empúñalas como espadas terribles. Las palabras de Dios son maleables. Los hombres hacen con ellas lo que quieren. Escudo, espada; espada, escudo, ¡qué más da! En adelante, ya no serás un trozo de carne inerte, un receptáculo para la bestialidad, un cubo de basura para el género humano. Vas a tener que tomar las riendas. Nadie lo hará por ti. Gimotear es renunciar a medias, es aceptar la perspectiva del fracaso. Tú no eres derrotista, ¿verdad? Has nacido artista. Y los artistas nunca, jamás de los jamases, se dan por vencidos. Aun estando de rodillas, su espíritu sigue siendo libre e inalcanzable. Solo tienes que alzar la mirada para ver el tuyo volar por encima de las montañas; lo verás esculpir sueños sepultados en la bruma y encender las brasas de las pasiones dormidas. ¡Un artista puede despertar a un muerto! Las cuevas oscuras, los yugos invisibles, los sudores acres, los tufos nauseabundos y las humillaciones son para la gente servil. No para ti. ¿Hasta cuándo vas a soportar lo insoportable? ¿A tolerar lo intolerable? Desde ahora, dejarás de refugiarte en la burbuja. Los ángeles la han pinchado. Ya no te servirá para escapar ni para tranquilizar la conciencia de la sombra repugnante que te arropa. Pero ¿a qué estás esperando para reaccionar? ¿Qué te impide luchar, defenderte, sacar las uñas, gritar y morder? Ya no eres una niña. Cuando tenía tu edad, tu madre ya te llevaba en su seno...

Así que esa noche reaccioné. Hice caso a la voz y seguí sus consejos, al pie de la letra. Luché con las armas que tenía, me defendí con uñas y dientes, devolví cada golpe, grité y mordí tan fuerte que le arranqué una falange del dedo que a mi padre le gustaba meterme en la boca. Mordí y apreté tan fuerte como pude. Los chillidos debieron de despertar a toda la calle del Perdón de punta a punta. Berreó como un camello degollado. Pero no solté la presa. El ogro al que me enfrentaba ya no me daba miedo. La sangre que me manchaba el camisón era suya. Tenía las mandíbulas como soldadas por la rabia y por el júbilo que me producía su dolor. Éramos dos animales que peleaban para sobrevivir. Sus golpes embarullados apenas si me alcanzaban, con la mano sana trataba de asfixiarme desesperadamente. En un impulso postrero, yo había logrado zafarme de él y empujarlo a dos metros de mí. No sé de dónde saqué la fuerza para derribar a un hombre tan corpulento. Pero lo hice. Cuando salí del cuarto, me fui por el pasillo sin prisa, permitiéndome el lujo de darme la vuelta para mirarlo tirado en el suelo, herido, derrotado y quejumbroso. Daba lástima. Me costó aflojar las mandíbulas para escupir el pedazo de muerte que tenía pillado entre los dientes.

Mientras recorría en la oscuridad la galería que dominaba el patio, vi a mi madre sentada en una banqueta, haciendo sus abluciones. A todas luces, el zafarrancho de arriba no la había alarmado. Seguí adelante, sacando pecho, conquistadora, con los puños apretados, ebria como un caníbal ahíto. En el primer peldaño de las escaleras, perdí pie. Mis babuchas viejas y acartonadas tuvieron buena parte de culpa en la caída acrobática que vino a continuación. Y después nada. Ningún recuerdo. Ni siquiera el dolor de un cuerpo magullado que cae de peldaño en peldaño tropezando con las paredes. Aquella costalada pudo haber sido grave. Incluso mortal. Podría haberme roto la cabeza, las costillas o la espalda. Podría haberme quedado inválida. Pero los ángeles no me habían abandonado del todo. Seguían velando por la artista en ciernes. Debieron de juntarse varios para amortiguar la caída. Al recobrar el conocimiento, boca abajo en mitad del patio, aturdida, se me cruzó la mirada con la de mi madre, que tenía un hervidor en la mano. En lugar de levantarse de un salto de la banqueta para socorrer a su hija, como habría hecho cualquier madre normal, bajó los ojos y prosiguió piadosamente con el ritual, purificándose lo mejor posible para encontrarse con Dios.

Mamyta podría haber estado trabajando esa noche. El riesgo de acabar sola y sin techo, en un oscuro callejón sin salida, no era desdeñable. Empecé llamando a su puerta discretamente, luego más fuerte, con la palma de la mano, y, como no venía nadie, acabé golpeando con el puño como un gendarme enfadado. Sabía que las gemelas no me abrirían e impedirían que Hadda lo hiciera si su madre estaba ausente. Pero no me quedaba más alternativa que seguir aporreando una y otra vez esa puerta. La espera fue interminable, y sin un ruido que me atenuara la angustia. El almuédano empezó a cantar para anunciar a los fieles la oración nocturna. El altavoz estropeado, que emitía una voz destemplada, podría haber descarriado hasta al hombre más devoto. Y como tantas veces en esta vida mía tan rara, al final ocurrió el milagro: la voz carrasposa de la diva se alzó en el vestíbulo. La liberación, por fin. Resulta que en el umbral de la puerta entornada había una muchacha en un estado lamentable, desamparada, perdida, con la cara manchada de sangre, el pelo revuelto y el camisón hecho trizas. Estaba tiritando. Sin preguntarme nada, Mamyta se quitó la bata y me la puso por los hombros. Aunque me abrazara, cálida y reconfortante, yo seguía temblando; me temblaban todas las partes del cuerpo, me flaqueaban las piernas como si estuvieran a punto de romperse, pero seguía de pie. No me salía ni una palabra coherente de los labios, y aun así me parecía estar contando detalladamente mis penas. Recurriendo a una energía inverosímil y apoyada en Mamyta, pude llegar, a trompicones, a su dormitorio. Me acostó en su cama, me arropó y no dejó de acariciarme la cabeza hasta el amanecer. Si me sobresaltaba, me estrechaba en sus brazos y susurraba un versículo protector. Hasta que acabé durmiéndome. Como un bebé. Un bebé enorme y exhausto después de un día agotador.

Cuando me desperté al día siguiente, la casa estaba en calma. Había estado durmiendo toda la mañana y parte de la tarde. Mamyta y las gemelas, que ya contaban con ello, no me habían esperado para la ceremonia del baño de vapor. Aunque no salí perdiendo. Hadda me llevó a la cama un desayuno suntuoso: crepes «mil agujeros» bañadas en mantequilla y miel derretidas, torrijas con azúcar y canela y, por último, crujientes buñuelos con miel de acacia. Todo ello acompañado con té de ajenjo y una naranja recién exprimida. Era como una mañana de fiesta.

De hecho, sí que lo era. Una fiesta insólita. La más maravillosa que me había tocado vivir. Me sentía liviana, me invadía una extraña sensación de libertad, igualmente liviana. Dicen que un pájaro criado en jaula no sobrevive a la libertad. Yo era ese pájaro, pero decidida a demostrar lo contrario. Quería reír y bailar; entrar de lleno en un mundo donde reinaran la belleza, la benevolencia y el color. Una orgía de colores: rojo de Fez para los labios, negro azabache para el contorno de ojos, azul intenso para los párpados... Quería liberar de la alheña mi pelo rubio, dejarme crecer las uñas, quería...

Por lo pronto, me conformaba con saborear la victoria. Sabía que me había ido de casa para no volver. Estaba convencida. No volver a ver la cara satánica de mi padre, ni a darle masajes en los pies por la noche, ni a sentir las manos callosas que me metía por debajo de la blusa; todo aquello me llenaba de alegría. Y en lo tocante a mi madre, en cuyo carácter predominaban el apocamiento y la cobardía, me sentía más que capaz de superar el hecho de abandonarla. Solo lo sentía por mi hermanita Alia, que tenía seis meses recién cumplidos y una sonrisa arrebatadora. Por otra parte, apenas la conocía. No tardaría mucho en olvidarme de su carita, de los dos orificios negros que tenía por ojos y de la boca grande y berreona. Me parecía graciosa. En cualquier caso, adiós a las náuseas, las palizas y los insultos. Adiós a la pesadilla de los cuartos cerrados, los mordiscos en la nuca, las lenguas rasposas que te limpian las orejas y lo demás. Todo lo demás. Estaba firmemente decidida a recomponerme. A liberarme de la maldición que llevaba pegada a la piel, a mudar mi vida en una nueva donde todo fuera posible.

Esa voz ajena a mí siempre me ha intrigado. Retumba en mi fuero interno en cuanto nota que estoy frágil, desorientada o atrapada en la duda que me derrama su veneno por el corazón. Perentoria sin ser agresiva, adopta el tono de los ancianos sabios para guiarme. La sigo con absoluta confianza, un poquitín eufórica, como un ave que encuentra el norte. Mamyta asegura que los ángeles utilizan una red de canales sensibles para dirigirse a los artistas. Puede que sí. En mi caso, hallo de nuevo en esa voz la calidez del difunto Abuelo, su aroma, su cariño y sus silencios. A despecho de las piedras que le obstruyen la boca, los ojos y el vientre en el cementerio, ese recinto que se comen las zarzas y el olvido, ha debido de juntarse con unos serafines locuelos para seguir cuidando de mí.

Cuando volvió a casa, Mamyta dejó mi maleta delante de la puerta del salón y me abrazó mientras susurraba: «Ya pasó, amor mío, nadie más volverá a hacerte daño. Te lo prometo. Desde ahora, esta es tu casa. Hay un cuarto libre arriba, lleva mucho tiempo esperándote. Elegiremos una colcha y unas cortinas que te gusten. Ya verás qué bien vas a estar. Siempre has sido hija mía, ya lo sabes. ¡Hoy lo eres un poco más, eso es todo!».

Nunca supimos los pormenores de la entrevista entre Mamyta y mi padre. No acudió sola. Se llevó de refuerzo a la Tía Rosalie y a la ilustre Zahia con su tremendo pandero. Circularon varias versiones. Algunas descabelladas y otras contradictorias. La más plausible es la siguiente: metamorfoseada en guerrera, la diva se quitó el pañuelo en el umbral de nuestra casa, lo tiró al suelo y lo pisoteó en público. Luego se sacó de la capucha de la chilaba un Corán que blandió delante de las narices de mi padre, jurando sobre las Santas Escrituras que lo llevaría a rastras a los tribunales, que mancillaría su honor, que airearía el escándalo por todos los pueblos y ciudades donde actuase... El infierno en la tierra que le prometía resultaría más clemente en una celda del sur que en su propia casa... Según contaban las vecinas, Mamyta profirió amenazas aún más graves, sin omitir ¡que nadie está a salvo de un accidente! Que la gente de la noche, sabido es, no tiene fama de tolerante. Por su parte, la vidente Zahia no se había quedado mano sobre mano. Con las mangas recogidas mediante una goma que llevaba cruzada en la espalda, dispuesta a meter baza en caso de pelea, le dio el toque de gracia exhibiendo su amuleto más temible y apuntando con él al macho en su parte más íntima, la más valiosa que tiene: su virilidad. Pertrechada con un incensario encendido con alumbre y benjuí, le bastaba con un simple ademán para condenar a su víctima a una impotencia eterna. Y, mientras, la Tía Rosalie se conformaba con mirarlo fijamente, sin decir nada.

Pero es posible que todo eso no sean más que chismorreos que había alimentado mi partida. Lo único cierto es que, desde ese día, me convertí oficial e irrevocablemente en la tercera hija de Mamyta. Mal que les pesara a las dos víboras con las que tuve que convivir en adelante.

8

Quitando a las gemelas, la *troupe* de Mamyta constituía una familia cohesionada, solidaria y amante. Una fraternidad que me recibió con los brazos abiertos el día en que me admitieron oficialmente. En realidad, yo ya formaba parte de ella desde hacía tiempo. Había crecido y madurado a la sombra de la diva. Había enredado tanto por entre los músicos que, en cierto modo, era una creación de todos ellos. Y también hija suya. Del señor Brek, el violinista, al que le bastaba una ojeada de Mamyta para caldear una fiesta. De Murad, el percusionista, que seguía a su cómplice al milímetro y hacía vibrar con sus dedos eléctricos el parche de la *darbuka*. También era hija, sobre todo, de Farid, el mago del crótalo cuyo castañeteo se dirigía exclusivamente a los ombligos femeninos y que completaba dignamente el trío infernal. Los hombres de Serghinia, como se los conocía, formaban un equipo de elite, fiel desde los primerísimos tiempos de la aventura, antes incluso de que el General se convirtiera en el amante de la jefa y luego en su marido. ¡Dios, cómo me habría gustado ser un ratoncito para asistir al espectáculo de Mamyta sucumbiendo en brazos del Abuelo!

Las cosas fueron diferentes con el elemento femenino. Mi llegada tuvo el efecto de un tornado, porque las gemelas me lo habían puesto difícil demonizándome todo lo que pudieron ante las otras bailarinas. Habían actuado de tapadillo, para no despertar la ira de Mamyta, que no soportaba la injusticia. Por lo demás, en el trabajo sus hijas ya no eran sus hijas, sino artistas en pie de igualdad con el resto de la *troupe*. Sin embargo, yo me había impuesto no enfrentarme a ninguna de ellas, manteniéndome al margen y absteniéndome de responder a las constantes vejaciones, novatadas y provocaciones. Discreta y conciliadora, me dedicaba a establecer lazos con las que lo desearan. Pero no dio ningún fruto. Su rechazo parecía irreversible.

De modo que me resigné y opté por dedicarme a los hombres. Una decisión acertada, porque el señor Brek, Murad y Farid me adoptaron de inmediato. La rivalidad con que se tomaron el cuidar de la jovencita en la que me había convertido fue muy reconfortante. Me aportó felicidad al tiempo que cierta confianza en mí misma, que resultaba indispensable para dar los primeros pasos en el oficio. Me convirtieron en el cuarto pilar de la banda. Su amistad colmó en parte el espantoso vacío que había dejado el Abuelo al morir. Me protegieron y me instruyeron en el mundo de la noche, con sus alegrías y sus escollos, su magia y su violencia. Aprendí los trucos para zafarme de las garras de los lobos, de los fantasmas ocultos detrás de las puertas, de las manos largas, de la embriaguez de las noches sórdidas y sus despojos. Aprendí el arte de las peleas sonrientes y el de la supervivencia. Aprendí a construir en el aire la promesa de un día mejor, a irisar de esperanza los sueños improbables, a bailar y seguir bailando en los ojos en vela de la diva. Aquel reino, por mucho que digan y mal que les pesara a las gemelas, fue también el de la fraternidad. Los músicos remataron mi aprendizaje iniciándome poco a poco en los placeres de la noche y sus sabores. Un cigarrillo rubio, una pipa de kif, una cucharada de *mayún,* una cerveza espumosa o un vaso de vodka helado..., exquisiteces cotidianas a las que llamábamos «carburante» y de las que hacíamos acopio desde el atardecer. La *troupe* al completo era aficionada a ellas, incluidas las bailarinas, que aplazaban la antipatía que me tenían y compartían en grupo esos momentos de solaz. Nos proporcionaban la energía y el buen talante necesarios para enfrentarnos a una nueva fiesta hasta las claras del alba.

Mamyta no se quedaba atrás. Se mantenía apartada, pero no por ello se privaba de nada. Vaciaba media botella de aguardiente en un tiempo récord. Apuraba un vaso tras otro como si fueran de gaseosa. Antes de las funciones, acudía a ocuparse de mí, lo cual no contribuía a mejorar las cosas con las chicas, que cada día me miraban peor. Como había crecido, los caftanes de Mamyta me sentaban de maravilla. Me los prestaba y me permitía elegir las alhajas entre los tesoros que guardaba en el joyero: fíbulas, pulseras, collares variopintos y pendientes que quitaban el hipo. Luego me peinaba como si fuera una muñeca. Me metía los dedos de uñas pintadas en la mata de pelo y devolvía a mis bucles dorados su anarquía natural, dejando que me cayesen por la cara, como habría hecho el peluquero de Pipo. Acto seguido, disponía los bártulos de belleza encima del tocador y se dedicaba sin prisas a maquillarme sutilmente, evitando los excesos de mis compañeras.

—Una cara como la tuya no necesita mucho: una rayita de kohl, un toque de pintalabios, una pizca de colorete para disimular el cansancio de anoche, ¡y lista!

Cuando terminaba la sesión, me colocaba delante del espejo, me ponía las manos en los hombros y me decía:

—Fíjate, amor mío, fíjate qué guapa estás. ¡Ninguna princesa te llegará jamás a la suela del zapato! ¡Vamos a bailar! ¡Vamos a volverlos locos!

Como veía que me hervía la sangre, me inculcó la paciencia (una prueba insoportable para una artista joven), la lentitud y la contención. No le resultó fácil enseñarme la sencillez. «No hace falta que pongas toda la carne en el asador —me decía—, todo está en los matices, el ademán esbozado, la insinuación». Y luego me tranquilizaba: «El tesoro que tú tienes es una bendición divina. Cuídalo, protégelo, lúcelo, transforma su brillo en estremecimientos, en emoción. El talento es un bien escaso. ¡Es un todo indivisible que se les concede a unos pocos y a los demás no!». Y añadía, riéndose: «¡No se puede estar un poco embarazada, cariño! ¡O lo estás o no lo estás!». Y después de unos cuantos vasos de aguardiente, se soltaba el pelo: «Dios es hermoso y le gusta la hermosura. Por eso ha movilizado a una bandada de ángeles para velar por Sus hijos favoritos: los creadores. Aunque a veces apriete y se las haga pasar moradas, casi nunca ahoga. Por mucho que los artistas escupan al cielo, despotriquen y blasfemen, ignoran que esas pruebas en realidad son un regalo, herramientas indispensables para que puedan crear su obra. ¿Quién va a contar lo que es el hambre mejor que un indigente, la desesperación mejor que un hombre al borde del suicidio? ¿Cómo puede hablar de amor alguien que nunca ha sentido en su seno el fuego de la ruptura? Todo esto lo sé porque he pasado mucho tiempo navegando en aguas turbulentas. Peleando en inferioridad de condiciones en un mundo de hombres, hecho por y para los hombres. Nunca he bajado la guardia, hija mía. He devuelto cada golpe, he peleado con uñas y dientes para ejercer mi oficio con dignidad. La libertad no se otorga, se arrebata. Yo me he hecho con ella tanto en el escenario como en la calle. Con el pintalabios, el kohl, los polvos y las chilabas ceñidas, me he enfrentado a la hipocresía de los santurrones, los mismos que luego iban a mendigarme a escondidas una pizca de amor o de cariño. En el escenario, he sometido a mis detractores a las inflexiones de mi voz, a los contoneos de mi cuerpo y al desparpajo de una mujer liberada. Es el combate de toda una vida, hija mía. ¡A ti te toca tomar el relevo! No tengas miedo, no estarás sola. El Señor siempre me ha respaldado. Aunque me olvidase de rezar o de obedecerle, nunca he dejado de adorarlo ni de sentir Su presencia en lo más hondo del corazón».

Los hombres que trataban con la diva acababan enamorándose de ella. Todos sin excepción. Empezando por su compañero de siempre, el señor Brek. Si no le quitaba ojo durante su número de canto era por el ritmo, o eso decía. Adaptaba la música a la languidez de los gestos y al meneo de los hombros, a los que la melodía, inquieta, se resiste un instante, antes de sucumbir a los agudos, cuando la cabeza de Mamyta se desprende del cuello y le recorre los brazos de punta a punta. El señor Brek se recupera, observa con atención el caftán insinuante pegado a la piel; detecta las incipientes vibraciones y espera a que el percusionista las confirme. No se sabe quién se embala antes, si Mamyta o el grupo de músicos. ¡Qué más da! La voz sube un punto y, en pos de ella, el redoblar de la pandereta al que responde el eco del crótalo. Estimulado, con el violín calado en la rodilla, el señor Brek se lanza, el fez se le mantiene de milagro en la cabeza oscilante, el vaivén del arco se acelera, se ensaña como una sierra contra las cuerdas indómitas; las sirenas de alarma de que goza la voz de la diva suenan, inundan el patio y a los allí presentes, enardecidos, para alzar luego el vuelo hacia las chozas sumidas en el sueño.

Seguro que a Murad también le hacía tilín la jefa. Mamyta lo sabía y lo aprovechaba con maestría. Le guiñaba un ojo a este, le sonreía a aquel, rozaba con la melena la cara de Farid, que fingía desmayarse. Sacaba lo mejor de cada uno, elevándolos a un ámbito al que solo pueden acceder los artistas, donde las almas desgarradas se encuentran para lamentarse, comulgando en el fervor de un ritmo de mil demonios.

La diva, subida a la mesa redonda, parece estar ya lejos de nosotros. Se halla en otro lugar, allende el vértigo y sus escalofríos, el jaleo y el gentío exaltado, lejos de la fiesta y hasta de su propio cuerpo, que deja a merced de los mortales como un hatajo de harapos. Le cojo la mano. La sujeto como puedo. Se tambalea. Revuelve la cabeza, agita la cabellera, que barre el suelo y mi cara preocupada. Los ojos, entornados, se le ponen en blanco, y el rostro, color sangre.

Nada me asustaba tanto como que Mamyta se cayera en público, en el momento en que se prosternaba ante los *yinns* para entrar en su territorio; un vasallaje absoluto e incondicional. Farid nunca andaba lejos. Nadie en la *troupe* era tan fuerte y tan valiente como él. Se ponía al otro lado de la mesa, acechando el menor incidente. La diva en trance podía viajar en paz.

¡Ay, Farid! He aquí una persona con una sensibilidad nada común a quien quise desde muy pequeña. Si se me escapaba llamarlo «Abuelo» por equivocación, no le importaba. Fruncía el ceño, torcía el gesto y me miraba con los ojos muy abiertos. Pero solo por un instante. Enseguida dejaba al aire los dientes mellados y amarillentos, una sonrisa en ruinas que, aun así, rebosaba ternura. El cariño que me inspiraba ese hombre era hondo y sincero. Sin duda no era ajeno a su homosexualidad. Al revés que en las miradas masculinas con que me topaba, la luz que reflejaban sus ojos era sana y reconfortante. Una luz pura, desprovista de los destellos maléficos que le notaba en los ojos a mi padre. Farid era amigo mío. Sus confidencias íntimas me honraban, aunque no fueran mutuas. Él lo entendía y no me lo tomaba en cuenta. Por lo demás, mi historia no era ningún secreto para nadie, y mucho menos para las gemelas, que soltaban alusiones de mal gusto y luego se reían a carcajadas para herirme. A mí, aunque me pillase ya muy curtida, me seguía doliendo. Pero el hombre del crótalo velaba por su protegida. Acudía en mi ayuda en cuanto intuía que estaba en peligro. Me llevaba para otro lado y hacía el loco para divertirme. Imitaba a Mamyta cuando esta localizaba entre el público a un mozo de su gusto. Que solía ser un peso pesado ante el cual se transformaba en felino, moviendo las posaderas y dándoselas de jovencita.

Farid me contaba sus penas con el recalcitrante Murad, del que estaba perdidamente enamorado; un mujeriego notable, pero eso por estos lares no significa nada, no se libran ni los animales, con tal de que sean de pelaje suave y carácter dócil. De hecho, circulaba el rumor de que una noche de tremenda borrachera en que los dos hombres habían compartido habitación de hotel, habían pasado ciertas cosas... Pero las malas lenguas son capaces de las acusaciones más fantasiosas. Ahora bien, el efecto desinhibidor del alcohol es de sobra conocido y no cabe duda de que puede acarrear historias lamentables. Farid no me había contado nada, pero tampoco había desmentido el rumor, lo que dejaba vía libre a las conjeturas más extravagantes. ¿Y qué? Aun con los dientes hechos una ruina, Farid se merecía a alguien mejor que el barrigudo de Murad, cuyos chistes no le hacían gracia a nadie. Carecía de maldad, sí, pero también de educación. Eructaba estentóreamente después de comer, no paraba de rascarse los testículos, de halagarlos como si fuera el único en tenerlos, gesticulaba interrumpiendo a los demás... ¡Qué poca clase tenía! Nacer en los barrios bajos no es disculpa para no aprender buenos modales. Para emanciparse, bastaba con fijarse bien en casa de los potentados para quienes actuábamos. Me costaba entender cómo alguien podía enamoriscarse de semejante animal. Farid era todo lo contrario, destilaba cortesía y saber estar. Reconocía abiertamente su diferencia. Se burlaba de sí mismo y dejaba desarmados a sus detractores. Exageraba los rasgos de su condición, meneando los ojos, las manos y las nalgas. Varias veces lo vi subirse a la mesa redonda en plena función, ceñirse las caderas con un fular y bailar con un donaire al alcance de muy pocas mujeres.

Así era el ángel que me había enviado el Abuelo.

9

¿Hay algo más injusto que el talento?

El Señor no me lo había negado. Es más, en Su misericordia, me había gratificado con el continente adecuado para resaltarlo: un cuerpo perfectamente curvilíneo y esbelto, blanco como la leche, con las redondeces donde deben estar; una cara de muñeca pepona que se iba afinando con la edad; un pelo rubio que había pasado de ser una tara a ser una gran baza en un país de morenos de piel cetrina. Esas eran las palabras exactas de Mamyta. Fue tan machacona que me las acabé creyendo. Al principio me encontraba a mí misma encantadora, luego atractiva y, de tanto contemplarme, llegué a convencerme de mi belleza. Una carita sin una sola imperfección. La nariz recta levemente respingona asoma de los ricitos revueltos, la boca como una cereza acentúa un beso bermellón suspendido en el vacío y los hoyuelos de las mejillas me dan un aire de regocijo perpetuo. La alegría se ha convertido en mi oficio y el desenfado en mi reino. Las noches que empalmaban con el día transformaban las lentejuelas, las carcajadas, la embriaguez y los excesos en un modo de vida, en un comportamiento natural. Ya no me asustaban los hombres por la calle. Había aprendido a manipularlos. A veces también me daba por provocarlos, meneando las caderas bajo el raso de las *ganduras*. Si me atrevía con una broma, una mirada furtiva o una promesa en el esbozo de una sonrisa, enseguida se les encendían los ojos. Ojos pérfidos y carnívoros, que encubrían una amalgama de vetos y frustraciones. ¡Ay, cuánto odio la bestialidad que destilan y que te reduce a un vulgar pedazo de carne! Sin embargo, aprendí a defenderme y a parapetarme detrás del humor y los brocados, imitando a Farid en su cotidiana lucha contra la estupidez; usaba los mismos trucos, riéndome de mí misma o burlándome de su insignificancia y su cobardía.

Antes de cada función, libero la mente de esas verrugas convirtiéndolas en meras sombras, voces anónimas sofocadas en el zumbido de la sala. Superando el miedo escénico, aparto el telón y echo una ojeada al patio donde bulle la gente. Casi todos van de tiros largos. Sedas, perlas singulares, moños trenzados, caracoles en el pelo, bonetes, feces arrogantes, una orgía de oro y plata que alegra el paisaje festivo. Los camareros azacanados se apresuran entre las mesas, repartiendo bebidas y pastelitos. Alineadas encima del escenario, enfrente de los músicos, las bailarinas atizan las brasas, exhibiendo a cual mejor las carnes rozagantes y el buen humor. Como tengo por costumbre quedarme en el camerino de la diva haciéndole compañía, aprovecho para repulir mi aparición en las tablas. Ese grato momento de calma previo a la tempestad me da fuerzas para enfrentarme a la muchedumbre. Tumbada en el sofá con los ojos cerrados, voy pasando a cámara lenta la inminente actuación. Me sobresalto cuando Mamyta me llama al orden. Me recompongo, apuro una última copa, hago de tripas corazón y me adentro en el barullo. Como un anticipo de los fuegos artificiales, mi presencia causa efecto, al anunciar la inminente presencia de la diva. Todo lo que llevo encima brilla, el caftán con cenefas metalizadas, las babuchas bordadas con hilo de oro, la purpurina con la que Mamyta me rocía la cabellera a manos llenas, y otros mil destellos que harían palidecer de envidia a las estrellas del cielo. Así quería verme la diva, sensual y resplandeciente, para disgusto de las gemelas, a las que quita el sueño mi posición de heredera; les produce urticaria y acidez crónica. Con la cabeza erguida y los pechos orgullosos, avanzo entre los naranjos, rodeo la fuente y cruzo una galería de individuos cuyas miradas se resumen así: «Aquí estamos, nosotros y tú; eres la artista, ¡haznos soñar!». Sigo caminando, la marea se aparta a mi paso, como el mar cuando Dios toma parte en el juego.

Esa gente precisa de mí, de mi fantasía y de mi locura. Una sinfonía de albórbolas me acompaña y me transporta como una alfombra voladora. Los tam-tams y las castañuelas van *in crescendo* según la cadencia que marca el señor Brek. Murad está al acecho, dispuesto a iniciar las hostilidades a la primera señal. Las gemelas me fulminan con la mirada y maldicen a Farid y su crótalo, que sacude mientras me escolta como si fuera una novia. El señor Brek sabe lo que hay que hacer con mis *yinns* dormidos. Los despierta despacito, sin atosigarnos. Sus melodías subyugadoras tienen el don de dirigirse a la multitud sin dejar de insinuar a cada cual una sensación de exclusividad. En cualquier caso, los lamentos de su violín cuentan por lo menudo los tormentos de mi historia. Los noto en las entrañas. Los escalofríos que generan se amplían, se convierten en temblores y luego en ondulaciones que van a morir al extremo de mis dedos; olas indómitas que rompen, azotan la costa y se extinguen a lo lejos...

Mamyta demora voluntariamente su entrada mientras me sigan cubriendo de billetes, la multitud se quede apiñada en torno a la mesa redonda sobre la que estoy bailando y los músicos, cautivos en su propio torbellino, me elevan a las nubes. Me deja protagonizar gran parte del espectáculo, para desesperación de las demás bailarinas. Empezando por las gemelas, que corren a su camerino, protestan y la instan a que recupere las riendas de su *troupe*. Mamyta vuelve a su papel de jefa y las despide con un gesto de la mano, mandándolas a donde estaban. De ese modo, acabo, sin pretenderlo, al mando de la orquesta. Una tarea demasiado pesada para mis frágiles hombros. A Mamyta le hacía mucha gracia ver a la benjamina llevar la voz cantante. Esas situaciones incómodas me obligaban a pelear, a marcar mi territorio y deshacerme de mis transigencias de antaño.

Vuelvo a ver a la niñita tímida metida entre las faldas de su ídolo; un gorrión perdido en una manada de mamuts; trisco, canturreo, seduzco y amanso a la legión de mujeres obesas, charlatanas, maledicentes y muertas de risa que poblaron las tardes de mi infancia. Era la época en que la máquina Singer reinaba en la calle del Perdón, y mis jornadas se dividían entre la aprendiz de costurera que le daba vueltas a la rueda sin parar y la artista en ciernes que con un fular en torno a las caderas se entregaba al delicioso contoneo del incipiente trasero. Como el radiocasete siempre estaba encendido, Mamyta me animaba con frecuencia a bailar para sus amigas.

Debo decir que no me hacía de rogar. Desde la más tierna infancia me infectó la llama artística, y cedía a ese deseo que conocen mis semejantes: el de gustar a todo el mundo, en todas partes y todo el rato. A la mínima señal de la diva, me ponía de pie, me soltaba el pelo, los hombros, los costados y hasta el último trozo de piel, y me dejaba llevar, me desplomaba de rodillas con la cabeza echada hacia atrás, agitando el cuerpo, y me retorcía como una anguila para deleite de aquellas señoras. Mamyta sonreía. Cuánto me gustaba verla sonreír.

La diva está ojo avizor. Nos vigila desde el camerino. No se le escapa nada. Es gendarme y bombero a la vez, nos tranquiliza. Sabemos que al mínimo incidente, al primer traspiés, irá volando a socorrernos. Su mera presencia basta para remontar los ánimos en una sala de fiestas y reparar nuestros fallos. Antes incluso de entonar algún éxito popular, con los brazos abiertos para abarcar a todos los asistentes y el paso mesurado, como si el suelo estuviera cubierto de huevos, ya había conquistado al público. Hombres y mujeres sucumbían a sus encantos, a los ojos metidos en un nido de arruguitas, a la sonrisa omnipresente, a esa mirada aérea reservada a los dioses y con la que cualquier mortal estaría orgulloso de cruzar la suya. Así era mi ídolo, el ser al que le debía todo y el alcance de cuyo talento podía yo medir mejor que nadie.

Nunca se me ocurrió hacerle sombra. ¿Por qué artificio podría una chispita, por muy pretenciosa que fuera, desafiar al sol? ¿Es culpa mía que los machos me cubran de billetes? ¿Que incluso las mujeres parezcan querer abalanzarse sobre mí cuando las rozo al bailar? Además, eso a Mamyta la hacía feliz. Me empujaba hacia el borde del escenario, estimulaba a la orquesta arrastrándome con ella a su mundo, donde el cuerpo liberado, obedeciendo a fuerzas misteriosas, acompasa el pulso con el ritmo endemoniado de las percusiones. Yo era la única que podía seguirla. Que dejaba que mis demonios se confabularan con los suyos para encender un fuego en el que ardíamos hasta el final de la noche. Pero las gemelas no se enteraban de nada. Cegadas por los celos, estaban convencidas de que yo ofendía a su madre, de que le sisaba una luz que le correspondía por derecho. ¡Un crimen de lesa majestad imperdonable! Y no me lo perdonaron. Consiguieron convencer a las demás bailarinas, levantando así una pared de odio infranqueable con la que resultaba imposible entablar cualquier diálogo. Que me acusaran de querer perjudicar a la que me había salvado me dolía.

¡Que Dios las perdone! Ignoraban que, al derramar el veneno por mis venas, iban a matar a su propia madre.

10

Al despertarme en un pueblo cerca de Casablanca, reconocí a la Tía Rosalie. Parecía haber envejecido de golpe: la voz grave, las facciones más duras y un envaramiento a cuestas que no le pegaba nada. Con los ojos empañados, miró los míos como después de una larga ausencia.

—Tus ojos..., cariño mío..., tus ojos...

—¿Qué les pasa a mis ojos?

—Tu mirada, Hayat..., pequeña Huta, ya no está vacía..., tiene vida.

—¡Lo que tiene sobre todo es a ti, Tía Rosalie! A ti y a tu salón tan bonito, con el jarrón de flores de plástico encima de la televisión, el kílim, los pufs y el gato perezoso tirado en el umbral. Todo eso es lo que tengo en los ojos... ¡No, no tengo la mirada vacía!

—¿Cuánto hace que has vuelto con nosotras?

—¡Pero si nunca me he marchado! ¿Dónde está Mamyta?

Un silencio. Inclinándose sobre el sofá en el que yo estaba tumbada, me abrazó muy fuerte mientras sorbía.

—¿Por qué lloras, tía?

—¡Te he echado tanto de menos, amor mío! ¡Y ahora me estás contestando! ¡Cuánto me alegro de oírte! ¡Dios es grande, los *yinns* por fin te han liberado!

No entendía nada de esas palabras deshilvanadas.

—¿Desde cuándo estás aquí?

—¡Desde que me ha llegado el olor de tus crepes! Porque has hecho crepes, ¿verdad?

—Sí, Huta querida, ahora mismo te las traigo, con mantequilla agria y miel, como a ti te gustan. Soy tan feliz...

Se fue a la cocina, alborotada. Tenía algo raro en la voz y en la forma de comportarse. La oí gritar: «¡Hadda, Hadda! ¡La niña ha vuelto!». Silencio. A todas luces, Hadda no estaba en casa. Y yo, ¿por qué había ido a parar tan lejos de Marrakech? No tenía el menor recuerdo del viaje desde nuestra casa a la de la Tía Rosalie. Y eso que me espantaban los viajes en autocar, esas carretas bamboleantes que apestaban a sebo y paraban cada dos por tres para que se apearan o se subieran los beduinos, y donde había que pasar un día entero apretujados como ganado antes de llegar a Casablanca. ¿Cómo se me habría podido olvidar semejante suplicio? Por otra parte, no sabía quién me había dejado hecha una facha con ese vestido manchado y soso. Mamyta no, desde luego, cuyo buen gusto se tomaba de ejemplo en la calle del Perdón. Sí, todo era muy raro. Las uñas cuarteadas y sucias deberían haberme alertado. La diva no soportaba las manos descuidadas. Si alguna de nosotras tenía una uña mal pintada, la mandaba de cabeza a su cuarto. A Dios gracias, no había ningún espejo. De lo contrario, seguramente me habría desmayado delante del rostro extraviado de la forastera en quien me había convertido.

La Tía Rosalie me trajo una bandeja con un surtido opulento: crepes cubiertas de miel, té con menta, aceitunas negras y un plato de pasta de almendras y nueces en aceite de argán. Un festín que relegó a un segundo plano los misterios de mi situación. La avidez con que me abalancé sobre la comida me recordó a los pobres del viernes a los que llevábamos el cuscús delante de la mezquita. Mamyta tenía que recurrir a toda su autoridad para evitar que llegaran a las manos. Pero apenas se daba media vuelta, los alimentos desaparecían y los mendigos se arrancaban a puñados los trozos de carne, la sémola y la verdura. Llenaban bolsas de plástico mientras esperaban al siguiente benefactor. En el país de los estómagos vacíos, el Diablo enseguida queda encima del Buen Dios. Con la miel chorreándome por las mejillas, el pecho y los brazos, tuve la sensación de ser tan mísera como esa ralea. Si la diva me pillaba en semejante estado, se le pararía el corazón en el acto, de pura vergüenza ajena. En cambio, la Tía Rosalie parecía encantada. Asistía dichosa al desastre de mi gula.

—Come, nenita mía. ¡Come! Es la primera vez que...

—...

—Que comes con apetito. Hadda no daría crédito. Pero ¿dónde se ha metido la borrica esa? ¡Nunca está aquí cuando la necesito! ¡Si supieras lo que hemos tenido que pelear para que te tomaras una cucharadita de sopa! ¡La de veces que le has tirado encima el cuenco hirviendo a la pobre Hadda! Pero ella no se rendía, volvía a la carga, empeñada en que comieras a cualquier precio. Cuando la veía desfallecer, tomaba yo el relevo.

—¿Y por qué me resistía? Me gusta mucho la sopa de Hadda. Pero ¿dónde está?, ¿con Mamyta?

La Tía Rosalie se quedó mirando el reloj de pared.

—¡Son las doce pasadas! ¿Qué te parece si vamos al *hamam*?

—¡Ay, sí! ¡Me encantaría!

—¡Pues ya lo tengo todo listo! Como has adelgazado un poco, he mandado arreglar parte de tu ropa. Todos los bártulos para el baño están en el cubo: jabón negro, *gasul*, piedra pómez, guante, champú, una muda y toallas limpias. ¡No falta nada!

—¡Ay, tía, eres un ángel!

De modo que salimos de casa, contentas ante la perspectiva de ir a relajarnos en el calor húmedo del baño. La calle me pareció inusualmente bulliciosa. Reinaba un ambiente de colmena que me desorientaba; mirones, bicicletas, ciclomotores, carros de los que tiraban animales u hombres, críos berreando, mercachifles alabando sus artículos de pacotilla, ciegos salmodiando el Corán... Un barullo que sin embargo atenuaba la voz de Um Kulzum en la radio nacional. Una canción tierna y desesperada nos acompañaba de tienda en tienda; yo no era la única que iba canturreando el estribillo. La Tía Rosalie había cambiado mucho. La mujer de armas tomar que mantenía a raya a quien fuese, empezando por mis propios padres, se había ablandado un poco con la edad. Cuando su mirada y la mía se cruzaban, la notaba a punto de llorar. Ella me veía frágil, pero seguramente lo era más que yo. Fuimos andando por las callejas en dirección al templo. El *hamam*, que a esa hora del día estaba reservado para las mujeres, nos libró del jaleo; por lo menos la sala de descanso. Al desnudarme, comprobé que en efecto había adelgazado mucho. La Tía Rosalie entró antes que yo para ir preparando el sitio donde íbamos a acomodarnos. Al poco, me reuní con ella, procurando no escurrirme en los azulejos calientes y húmedos. Tardé un rato en acostumbrarme a la oscuridad de esa crisálida donde un clamor agudo se tornaba fantasmagórico al ser amplificado por los ecos. La Tía Rosalie se encargó personalmente de quitarme la mugre. ¡Y Dios sabe cuánta falta me hacía! Me frotó como lo hacía antaño Mamyta. Luego, sin prisas, me desenredó el pelo y me lavó la cabeza una y otra vez, echándome por encima cubos de agua templada. ¡Qué gusto daba!

Los días que siguieron dormí mucho. También comí mucho. Hadda cuidaba de mí, me mimaba como si aún fuera una niña. Me daba todos los caprichos con tal de que siguiera hablándole y sonriéndole. Yo no hacía muchas preguntas. En cuanto mencionaba a Mamyta, la Tía Rosalie cambiaba de conversación. Yo no le insistía. Pensaba que habrían tenido alguna riña familiar y decidí armarme de paciencia y dejar que las cosas se aclararán por sí solas.

Una tarde salí a la azotea donde estaba Hadda, sentada encima de una sábana cubierta de trigo, escogiendo los granos en una mesita baja y separándolos de las chinitas y otras impurezas. Me miró de reojo y volvió a enfrascarse en la tarea. Seguramente intuía para qué había ido a verla.

—Deberías protegerte del sol, Hadda. ¡Está pegando fuerte!

—¡Uy, niña! Esta cocorota vieja ya está acostumbrada a la calorina.

—¿Por qué no te sientas a la sombra por lo menos?

—¿Y dónde ves tú alguna sombra?

—¡Ahí, debajo de la ropa tendida!

—No digo que no dé sombra, ¡pero iba a trabajar peor!

—¿Y eso?

—A la menor ráfaga de viento, ya no vería nada. ¡Las telas se me pegarían a la cara!

—¡Pero si no sopla nada de viento!

Hadda alzó los ojos y me soltó con un tono inusual:

—Siéntate donde quieras, cariño, y cuéntame qué te preocupa.

Me acomodé a su lado, cogí un puñado de trigo y dejé que se me escurriera entre los dedos. Hadda llevaba puesta una *gandura* blanca con una cuerda a modo de cinturón. Un pañuelo amarillo le cubría el pelo canoso. Formaba parte de esos seres que carecen de sentido del humor. Todo en ella lo confirmaba: los párpados caídos; las profundas arrugas que le tiraban de la boca hacia abajo, emborronándole la frente y todo lo que pudiera asemejarse a la alegría; los rasgos cincelados por el abatimiento, y un carácter en perfecta armonía con todo lo demás. A pesar de todos los años que pasé en casa de Mamyta, nunca supe de qué color tenía los dientes. Dicho esto, aunque no se riera, tampoco era una persona mala ni antipática. Solo triste. Infinitamente triste. Con rectitud y lealtad, se entregaba de lleno a su oficio, al cometido con el que cumplía como con una plegaria, pegada a las paredes de su condición, sin molestar a nadie. Nunca.

Me gustó esa forma de hablarme. El tono no era el de una criada.

—Me gustaría saber —dije—. ¡Saberlo todo!

Hadda frunció el entrecejo. ¡Huelga describir su rostro cuando, a las tachaduras naturales, se sumaban las arrugas de cualquier expresión!

—¿Estás segura?

—Sí, segurísima.

Se ajustó el pañuelo como para pensar mejor.

—¿Cómo voy a resumir una porción de vida en unos minutos?

—No tengo prisa, Hadda. Tengo tiempo de sobra.

Me dirigió una mirada extraña, una mirada que escudriña, que calibra, que sopesa y se pregunta si seré capaz de encajar el golpe. Con voz sosegada, casi dulce, me dijo:

—¿Estás convencida de que quieres saberlo todo?

Esa pregunta me desconcertó. Me acordaba de lo que tantas veces decía Mamyta: «Ojos que no ven, corazón que no siente». Saber puede dar origen a muchos males, conflictos o heridas crueles. Pero mi curiosidad natural podía más y contesté:

—Sí, cuéntamelo todo. ¿Cómo he llegado hasta aquí? ¿Dónde están Mamyta, las gemelas y la orquesta? ¿Qué ha pasado?

Hadda me ofreció un vaso de té que acepté de buena gana. Se tomó el suyo a sorbitos. El ser transparente, de pronto, se volvió más denso. Parecía la madre que nunca había sido.

—Pececito mío, te voy a contar cosas que te costará creer, aceptar y digerir...

—Puedo oírlo todo, Hadda. Estoy lista.

—En realidad, todo cuanto diga ya lo sabes. Palabras de sombra y de luz, las dos facetas enfrentadas de tu propia personalidad. Cien veces has caído y cien veces has resucitado. Te conocí de niña, Huta querida, te he visto crecer, florecer, brillar, y también he presenciado cómo te hundías. Te he visto precipitarte al vacío, caer en el mundo del que vengo yo y también tu propia tía, pero que no es el tuyo. Serghinia te conocía como si te hubiera parido. Todavía recuerdo lo que dijo cuando sucedió la desgracia: «Huta es una estrella, y las estrellas no pueden vivir más que en la inmensidad del cielo». Poco antes de morir, te encomendó a nosotras, a tu tía y a mí. Sí, pequeña, has oído bien. Mamyta ya no está. Pero antes de irse se tomó la molestia de dejarlo todo bien atado. Tú eras lo que más le preocupaba. Nos obligó a jurar con la mano sobre el Corán que nunca te abandonaríamos. «Cuidad de mi estrella», repitió hasta el último aliento. Y tu tía y yo juramos que velaríamos por ti, que dedicaríamos lo que nos quedara de vida a protegerte. Llevamos ya diez años en la lucha, niña mía. Diez años de locos en los que hemos perdido la esperanza muchas veces, en los que, hombro con hombro, hemos plantado cara cuando Dios nos abandonaba. Y ya ves, aquí seguimos, en pie. ¿De verdad quieres que te siga contando?

Asentí con la cabeza pensando que era imposible que Mamyta hubiera desaparecido, porque los ángeles no mueren. Sé que en breve se levantará, como quien se levanta de un trance. De hecho, la semana anterior, sin ir más lejos, habíamos estado bailando juntas. Yo le daba la mano, le fustigaba el pelo con el mío, mientras tamborileábamos acompasadamente con los talones contra la mesa redonda. Farid sacudía el crótalo a nuestros pies; Murad, de rodillas, estaba a punto de romper el parche de la pandereta, mientras que el señor Brek nos miraba alzar el vuelo, tratando de seguirnos desesperadamente. Pero ¿cómo alguien que no sabe volar puede escoltar a un pájaro por el cielo? Mamyta y yo éramos dos cigüeñas feísimas, revoloteando alrededor del Abuelo, que nos veía hermosas. Nos tendía los brazos flacos y cantaba éxitos pasados. Nosotras nos lanzábamos en picado y le rozábamos con las plumas la cara mal afeitada. Te has descuidado un poco, Abuelo, desde que dejaste el Palace.

Y luego la música, una y otra vez. La sala volvió a dar vueltas a nuestro alrededor como un tiovivo infernal. Y luego, nada. No recuerdo nada.

Al verme con la cabeza en las nubes, Hadda se calló. Siguió limpiando el trigo.

11

Fiándose de lo que había oído decir, Hadda me contó cómo me habían envenenado. Aunque no había llegado a nada seguro, comparando unas cosas con otras siempre se podían aportar precisiones sobre la composición de la pócima funesta. Las gemelas habían recurrido a un morabito cuyos poderes se daban por infalibles. Mediante una suculenta retribución, este hizo una proeza en lo referido a grisgrís: una receta heredada de sus antepasados a base de ingredientes muy poco habituales. Acudieron a herboristas famosos y también a una enfermera del turno de noche del Hospital Civil.

Me entraron escalofríos al oír a Hadda dar detalles de la macabra receta: una onza de sesos de hiena, una cucharada de cantárida, un puñado de cuscús que había pasado la noche en la boca de un muerto, el bazo de un sapo, el ojo de una abubilla, un huevo de camaleón y el cuerno molido de un macho cabrío estéril..., una poción explosiva de temible eficacia. ¡Filigrana pura en materia de brujería! Me la sirvieron como un plato de *baklava* al final de una función. Un dulce que me encantaba, y que me sumió esa misma noche en un abismo que duró diez años. Diez largos años de muerte lenta durante los cuales, según me dijo, por lo visto perdí la razón. La verdad es que no me ha quedado ningún recuerdo. Ni bueno ni malo, sin heridas ni rencor. Nada. Un agujero negro en una vida que ya estaba acribillada de agujeros. Al enterarme de mi historia por las palabras de Hadda, me parecía estar oyendo la de una desconocida con un pasado tan tortuoso como el mío. Era incapaz de odiar a mis supuestos enemigos.

Según la Tía Rosalie, mi tragedia podría haber sido peor; ese veneno tuvo efectos devastadores en mi cuerpo, pero sobre todo permitió a los *yinns* adueñarse de mi alma. Entraban y salían como en casa propia. Hadda asegura que me obligaron a adoptar su lenguaje, el timbre de su voz y sus horrorosas contorsiones. Una treta perniciosa para separarme definitivamente del resto de los mortales, quienes efectivamente no tardaron en huir como de la peste de «la casa de la posesa». La Tía Rosalie lo pasó muy mal. Por mucho que les explicó a los vecinos que yo era inofensiva y que la demencia no era contagiosa, no le valió de nada. Para empeorar las cosas, los ataques eran muy intensos y me daban en cualquier parte, en casa o en la calle. Por lo que cuenta Hadda, no resultaba agradable presenciarlos: se me ponían los ojos en blanco y la cara escarlata, resollaba como un camello en el matadero, echaba espumarajos por la boca y tenía unas espantosas convulsiones, todo lo cual me convertía en un espectáculo lamentable. O curioso de ver, según. Los transeúntes ansiosos de sensaciones fuertes nos hacían corro. Se compadecían de mi suerte y alababan a Dios por no ser ellos quienes estuvieran tragándose el polvo como yo. Mis muchas cicatrices dan aún testimonio de la brutalidad de esas escenas que asustaban a Hadda. Se quedaba sin recursos y andaba dando vueltas, sin saber qué hacer. La Tía Rosalie no se apartaba de nosotras. Me vigilaba, calibraba mi estado y se anticipaba a mis posibles caídas. Si surgía alguna complicación, me abrazaba y me depositaba cuidadosamente en el suelo. Me sujetaba la lengua con una goma para que no me atragantara con ella, me metía en las manos un manojo de llaves y sal, que llevaba siempre encima, y salmodiaba en voz alta un versículo del Corán. El gentío le hacía coro, intimidando así a los *yinns,* que acababan por ceder. Entonces le pedía a algún mocetón que me llevase enseguida a casa. La tregua no duraba mucho, los malos espíritus volvían a la carga esa misma noche para acosarme.

Hadda dice que los primeros tiempos fueron un calvario generalizado tanto en la calle del Perdón como en Casablanca, pues ocurría una catástrofe tras otra. En las guerras siempre pasa eso, que ni los vencedores ni los vencidos acaban incólumes. Todo el mundo sale trasquilado. Las gemelas no sabían que al intentar destruirme derribaban todo el edificio, liquidaban el sueño común: las canciones, las lentejuelas, los cuerpos que andan flotando en las lindes de lo prohibido, los bigotes poblados que se dominan con unos guiños, los estratos de la necedad que una simple sonrisa se lleva por delante... Esa loca aventura nuestra ideada, edificada y dirigida por una mujer de rompe y rasga, un pozo de amor, una diosa. Al enterarse de la tragedia, Mamyta cayó en una depresión irreversible. En la misma medida en que su fuerza de carácter parecía indestructible, su fragilidad en lo referido a mí desconcertó a más de uno. Yo era su pollito, su gacela, pero también su escarabajo o su moscardón para conjurar el mal de ojo.

93

Modelada día a día, protegida, querida, yo era su obra de mayor envergadura, el receptáculo donde volcaba su genialidad. Era el reflejo de la joven que había sido ella tiempo atrás, rebelde, provocativa y colmada de gracia. El firmamento era lo que me correspondía, y la luz, mi destino.

¡Ay, Mamyta, me gustaba tanto oírte hablar, meditar, nombrar con palabras las sensaciones que yo no conseguía expresar! Me bebía esas palabras tuyas, intentaba desesperadamente que se me quedasen. Me sentía la heredera de tu pensamiento, la guardiana de tus sueños y de tus luchas. Pero en esta ocasión no hay más remedio que reconocer que, definitivamente, Dios nos había abandonado. Te quitó la vida y dejó que se destruyera la mía. Seguramente estaba pensando en otra cosa, pendiente de pecadores más malignos que las gemelas. ¿Cómo creer en Su justicia, que tú defendías contra viento y marea, en Su misericordia y en Su bondad? ¿Por qué permitió que tu sangre corriese por venas impías, que tu carne engendrase buitres? Esas aves malditas que acabaron por devorarte y reducir a la nada la obra de toda una vida. ¿Qué hicimos mal para que nos castigase así? ¿Dónde se metió el ángel que supuestamente velaba por ti? ¿También lo envenenaron el odio y la crueldad? ¿Acaso abdicó ante la insensatez humana? Quizá. De lo único que estoy convencida es de que mi propio ángel se extinguió contigo, Mamyta. Muerto y enterrado, porque vivía en tus ojos, en la suavidad de tus manos tocándome la cara, en la caricia que tus susurros suponían para mis disgustos de niña, en tu regazo, donde me acurrucaba para dejar de tener miedo, para dejar de sentirme perdida. En ese aspecto, el Señor solo me dañó a medias: me puso de escolta al más tierno, al más ferviente de sus ángeles, pero qué pronto me lo quitó, Mamyta, qué pronto y sin avisar.

Los guerreros viven y mueren de pie. Es bien sabido. Se curan las eventuales heridas y vuelven al combate. Pero ¿qué hacer cuando las heridas son invisibles, cuando te minan desde dentro y hay que luchar contra la propia carne y la propia sangre? Mamyta no fue capaz. El desmán de sus hijas era irreparable y acabó con ella. Y no fue por falta de avisos. La vidente Zahia la había puesto en guardia en más de una ocasión, denunciando lo que tramaban las gemelas, que buscaban la forma de alejar a «una oveja negra» de su *troupe.* Mamyta no se tomó en serio esas advertencias. Y eso que, basándose en las cartas, Zahia había sido tajante: «Tus hijas te matarán». Palabras mayores que la diva se había tomado con la indulgencia de una madre normal. Hasta cierto punto, pensaba, ¡todos los hijos matan a sus padres!

Te mataron, Mamyta, y me hicieron caer en la demencia. Creen que nos separaron, pero se equivocan. Sé que estás aquí. Aquí mismo. Te veo. Te huelo.

Mi exorcismo requirió estancias prolongadas con varios morabitos. Hadda me confesó que había viajado mucho gracias a mí, porque los santos proliferaban en el reino. De los oasis del Sáhara al verdor de las montañas del Atlas, de las ciudades de la costa a las de tierra adentro. Ni un pueblo, ni una aldea que contara con un intercesor privilegiado ante el

Señor. La Tía Rosalie no descartó ninguno. En cuanto le llegaba el soplo del nombre de un imán o de un morabito eficaz, ya estábamos embarcadas en un largo periplo. No reparaba en gastos. La pensión de su difunto marido, antiguo funcionario de obras públicas, se iba entera en eso, y también los ahorros de Hadda, que había renunciado hacía lustros a su sueldo. Las dos mujeres riñeron una guerra sin cuartel contra los espíritus malignos a golpe de encantamientos, de talismanes que supuestamente valían para expiar los pecados de su alma, de sangre de gallos degollados encima de mi cabeza, de aspersiones de agua hirviendo encima de mi piel, de recetas con ingredientes tan rebuscados como los del veneno que me había vuelto loca...

Hadda y la Tía Rosalie hablaban poco de aquella época. O solo con medias palabras. En realidad, no me parecía que esas historias fueran conmigo. Tampoco me gustaba oírlas. A veces, sin querer, un detalle nos remitía a algún relato insólito. Las marcas rojas de mis muñecas, por ejemplo. Según Hadda, llegaba a irme de casa en plena noche y andaba por ahí rodando hasta el amanecer. Las dos mujeres, asustadísimas, me buscaban por todas partes. Y por eso se resignaron a encadenarme al somier de la cama. De ahí me vienen estas pulseras naturales.

Por fin, Hadda y la Tía Rosalie dejaron definitivamente de hablar del pasado. Desde el día en que me sorprendieron en el salón charlando con la diva que acababa de despertar de su trance. Se pusieron pálidas al verme de pie, sonriéndole al espejo: «¡Mamyta, ven a bailar conmigo!».

12

Una mañana le dije a la Tía Rosalie:

—Quiero cantar... Quiero bailar...

—Pues ¿quién te lo impide, hijita?

—¡Pero no en casa!

—¿Fuera, en plena calle?

—En las fiestas, como antes.

Se me quedó mirando, horrorizada al pensar en una recaída. Le clavé la vista.

—Fíjate bien en mis ojos, no hay nadie dentro. Quitando la sombra de Mamyta, y puede que la del Abuelo, no están muy concurridos.

Se volvió hacia Hadda. Estaba sentada en un taburete, a la entrada del salón, remendando calcetines ante la atenta mirada del gato. El hilo, la mano que se movía y las bolas de calcetines interesaban muchísimo al felino. Hadda hizo caso omiso de su señora. Para atraer la atención, alcé la voz.

—Que se os meta bien en la cocorota, señoras mías: el tiempo de los *yinns* se acabó. Es agua pasada. Si pudierais oír a Mamyta como la oigo yo, os lo dejaría bien clarito.

La Tía Rosalie intentó en vano cambiar de conversación. Seguí diciendo sosegadamente:

—La presencia de la diva en mi corazón no me convierte en una demente. De haber alguna locura, sería la de mi agradecimiento al ángel que me salvó...

Desconcertada por mis palabras, que tan pronto le parecían sensatas como incoherentes, la Tía Rosalie se limitó a refunfuñar:

—¡Que alguien me pellizque! ¡Que alguien me diga que todo esto es una broma de mal gusto!

—Ni mucho menos, tía. Ya está decidido. Tras una madura reflexión...

—¡Lo que hay que oír! ¿Desde cuándo una...?

—¿... una enferma mental reflexiona?

—Iba a decir una convaleciente, hija mía.

—La convaleciente lleva ya varios meses dándole vueltas...

—¿Y cómo piensas hacerlo?

—Pues de la forma más normal. Fundar una *troupe* es un juego de niños: unas pocas muchachas soñadoras que lleven el ritmo en la sangre, tres músicos, y listo. Además, he conocido en el *hamam* a la mujer de un violinista retirado. Ese hombre sueña con reengancharse, igual que yo, pero es incapaz de adaptarse al frenesí matutino. Lo deprimen el mundo de los madrugadores y la crudeza de la luz del día. Las aves nocturnas son así. Mamyta decía: «Al sol no le gustan los sueños». La poesía necesita sosiego, embotamiento, velas, embriaguez y rayos de luna fluyendo por los ojos de los amantes...

—¿Y qué?

—Pues que he conocido a ese buen señor. Lo creas o no, es clavado al señor Brek: chilaba blanca, babuchas primorosas y un fez de fieltro de primera. ¿Te acuerdas, tía, del leal señor Brek?

A la Tía Rosalie estuvo a punto de darle un soponcio.

—¡De lo que se entera una! Mi sobrina anda ahora por los picaderos con desconocidos...

—¡No te alteres! ¡No se trata de acostarse con nadie sino de trabajo! Se llama Sheij Maati. Está dispuesto a tenerlo todo estructurado en un plazo muy breve. Unas pocas semanas como mucho.

—...

—Halima Zufri, su mujer, que es una veterana de la profesión, se ha metido a alcahueta. Está dispuesta a encontrarnos bailarinas jóvenes y guapas. Auténticas perlas de los barrios bajos a las que se encargará de formar personalmente.

Sheij Maati y Halima Zufri eran una pareja muy bien avenida. «Cada cual encuentra la horma de su zapato», habría dicho Mamyta en broma.

—¡Hay que ver qué cosas ocurren en mi casa! —dijo pasmada Rosalie, fulminando a Hadda con los ojos—. ¡Y, por supuesto, tú estabas en el ajo!

Metiendo la cabeza entre los hombros, la criada apartó con el pie al gato, que se estaba acercando demasiado al montón de calcetines.

—¡Ella no tiene la culpa, tía, le pedí que por favor me guardase el secreto! Sheij Maati y su mujer querían verme actuar antes. La sesión de prueba quedó claro que los convencía. Se suponía que iba a durar diez minutos y siguió parte de la tarde. Me sentía tan feliz cantando y bailando para Mamyta, que me estaba vigilando..., la notaba dispuesta a intervenir al menor paso en falso. A ratos se ponía al mando, se me metía en el cuerpo y me lo desataba, lo zarandeaba en todas las direcciones, lo liberaba de la gravedad y se lo llevaba al cielo. Su voz ronca salía de mi garganta, se amoldaba a los trémolos del violín mientras Halima marcaba el ritmo con su tam-tam minúsculo. Mamyta estaba encantada de la vida. Mi demostración le gustaba. «Los *yinns* —su-surraba— no han alterado tu gracia, ni la sensuali-dad con que contoneas las caderas, ni tu poder para hipnotizar al gentío. Todo está intacto. No falta nada. Las estrofas, los estribillos, los suspiros de las ende-chas, los arrebatos lúbricos o desgarradores, ¡está todo ahí, pollito mío! ¡Adelante! ¡Yo te bendigo!».

Aunque se había negado hasta entonces a inter-venir en la conversación, Hadda acabó por mojarse.

—Mira, Rosalie, se diga lo que se diga de Zahia, lo que predice a veces tarda en suceder, pero siempre se cumple. ¡Auténticas profecías!

—¿Qué me había predicho a mí?

La Tía Rosalie increpó a Hadda, que se disponía a contestar pero enseguida recogió velas torpemente.

—¿Qué demonios me estáis ocultando?

—Nada, hija mía, no te ocultamos nada... —y di-rigiéndose indirectamente a Hadda, añadió—: ¡No me interesan las lucubraciones de videntes y criadas!

Hadda masculló una protesta ininteligible y se fue del salón. Volvió media hora después con una bandeja de té. Entre los vasos y el plato de pastas había una caja muy rara, cosa que a la Tía Rosalie le sentó fatal. Hadda nos sirvió y se colocó en el centro del salón. Desafiando a su señora, parecía dispuesta a hablar y a quitarse un peso de encima.

—¿Sabéis que Mamyta nos está mirando? —di-je—. Está aquí, oyéndonos.

Hadda le clavó la mirada a la Tía Rosalie.

—No cumplir con la última voluntad de alguien es un pecado, señora.

—Pero ¿de qué estás hablando, so pánfila?

—De lo que dispuso la diva en su lecho de muerte, ni más ni menos. ¿Te acuerdas, Rosalie? En vez de prepararse para el inminente encuentro con Dios, solo hablaba de Hayat..., «su vida, su pececito».

La señora soltó un profundo suspiro.

—¡No he dejado de cumplir con nada! Serghinia era mi amiga y sus voluntades se respetarán al pie de la letra. Lo que ocurre es que este asunto me parece un tanto prematuro...

—¿Qué asunto? ¿De qué se trata? Por el amor del Cielo, decidme las palabras, las últimas palabras de Mamyta...

La Tía Rosalie levantó al gato y se lo puso en el regazo. El animal se dejó acariciar ronroneando y esbozando con la cola una espiral de agradecimiento.

Al ver a su señora en un apuro, Hadda se le adelantó.

—Poco antes de expirar, Serghinia nos entregó, sin que se enterasen las gemelas, una caja con todos sus ahorros. Aunque muy tocada, halló fuerzas para revelarnos lo que había predicho Zahia: «Antes o después, Huta acabará despertando. Renacerá de sus cenizas entre el regocijo generalizado, desde las humildes chozas hasta los palacios prestigiosos. Bailará y cantará sobre ramos de luz. La querrán, la agasajarán, la pondrán por las nubes los mendigos y los príncipes, embrujará a las masas, encenderá la mirada del envidioso y el corazón del transido. Veo su nombre viajar de boca en boca y en las alas de los pájaros, recorrer los cielos y los abismos de la pasión.

Oigo una voz que hace que se derritan las piedras... y risas, más y más y siempre, y música que no cesa nunca...».

La Tía Rosalie interrumpió a la charlatana de su criada.

—Sírveme un vaso de té antes de que se enfríe.

—A mandar.

La señora carraspeó y añadió:

—Que Dios me perdone, me costó creer en esos augurios en los que Serghinia tenía fe. Pensaba que se trataba de un cuento de Zahia para reconfortar a la agonizante. Tu estado, hija mía, no presagiaba nada bueno. ¡Lo mismo daba! La cara verdosa de la diva se iluminaba en cuanto se hablaba de ti. El arte, decía, es la única razón de tu vida, tu única forma de respirar. Por eso nos encargó que te entregásemos esta caja. Lleva diez años esperándote. Incluso en tiempos de escasez, nunca pensamos en desenterrarla del pie del naranjo. Aquí la tienes. La diva dijo que sabrías utilizarla. Estamos convencidas de ello.

Tuve esa caja en mi cuarto varios días sin abrirla. Era mi tesoro. No tanto por lo que contenía cuanto por su carga de cariño. Una caja de tuya que olía a las callejuelas de Mogador. Mamyta me había llevado allí años atrás para que descubriera el mar. Me acuerdo como si fuera ayer. Cogimos el autocar por la mañana temprano, acompañadas del Abuelo. Un día memorable en una ciudad donde reinan el viento y las gaviotas. Un espejismo azul y blanco en el que los seres humanos parecen sentir un cariño mutuo. Y el mar. El milagro del mar: una extensión de agua tan dilatada como el cielo. Azotadas por la arena en una playa infinita, caminamos con los pies metidos en el agua, ebrias de yodo y de felicidad, hasta la desembocadura de un río que claudicaba ante la inmensidad del océano. El fuerte portugués, o al menos las ruinas que de él quedan, parece vivir de sus pasadas glorias. Con marea baja, se podía ir hasta allí a pie. El Abuelo me dejó trepar por las rocas con gran disgusto de Mamyta, que protestaba. Desde arriba, vi la isla y su mezquita, su lazareto y su nube de aves. El regreso fue más fácil porque íbamos en la dirección del viento. No tardaron en aparecer los primeros hoteles, algunos dromedarios para los turistas, transeúntes por el paseo marítimo y, por fin, la medina, sus murallas, sus ciudadelas apuntando con los cañones a piratas imaginarios, sus calles estrechas, repletas de gente humilde y digna, por las que nos perdimos alegremente. En el puerto, lleno del rumor de marineros remendando las redes, de vendedores de pescado en la lonja, de barcas y traineras, comimos sardinas asadas regadas con limón y nos reímos mucho. El Abuelo hacía el payaso, se sacaba la dentadura postiza de la boca, se la escondía en la mano y le mordía con ella el brazo a Mamyta, que daba un respingo y soltaba un alarido...

Un paseante que nos hubiera sorprendido en la mesa de los pescadores habría dicho: «¡Hombre, una familia feliz!».

13

Cuando tuve que escoger un nombre artístico, Huta Serghinia surgió lógicamente. *Huta* era obvio, yo era el pez de todo el mundo, pero adoptar el nombre de la diva no fue una decisión fácil. Aunque algunos vieron en ello muchas ínfulas o un ego desmedido, otros, en cambio, aprobaron mi elección, argumentando que así se perpetuaría la memoria de Mamyta. Ambos puntos de vista pueden defenderse. Por mi parte, apropiarme de esa identidad era solo convertir en oficiales los lazos que me unían a mi madre adoptiva.

Así que me llamo Huta Serghinia y soy una estrella. Dirijo una *troupe* que se compone de una decena de artistas: cuatro músicos y seis bailarinas a cual más guapa. Sheij Maati y Halima Zufri resultaron ser tremendamente eficaces. Él supervisaba a los hombres y ella al elemento femenino. La horma y el zapato trabajaban de consuno, librándome de preocupaciones secundarias.

Actuamos en todas partes. Los pudientes llenan páginas enteras de mi agenda, pero también canto a veces por precios módicos para los más humildes. El éxito, como siempre, sigue siendo un fenómeno inexplicable. No obedece a norma alguna, a lógica alguna. Lo alcanzan tanto el talento como la mediocridad. O ninguna de las dos cosas. Su misterio sigue intacto desde la noche de los tiempos. Nuestra repentina fama impresionó al resto de la profesión. Nadie entendió cómo una mujer medio loca, junto con unos veteranos y unas cuantas mocosas, pudo llegar tan deprisa a la cima. ¡Qué más daba! Estábamos en el techo del mundo y más que dispuestos a quedarnos allí. Nuestra reputación nos precedía y le preparaba el terreno a la extravagancia de los espectáculos, que nos abrieron las puertas tanto de la burguesía como del poder. La capital nos recibió con los brazos abiertos, de función en función, de los *riads* suntuosos de la medina a las villas opulentas del barrio de las embajadas. Un camino ya trazado que iba a dar a un sitio impensable: el palacio real. En un país como el nuestro lo llaman el paraíso. El secreto profesional me prohíbe contar nada más. A los artistas charlatanes se los proscribe de esas comarcas. Aprendemos enseguida a ser como tumbas. A ver sin ver. A oír sin oír.

Hay algo, sin embargo, que está demostrado: si le gustas al rey, les gustas a sus súbditos. Nuestros detractores más recalcitrantes bajaron las armas en el acto y opinaron que nuestra ascensión era legítima y estaba justificada. Así es el ser humano: se sitúa inevitablemente del lado de los vencedores. Esa mala ralea empezó a quererme con el fervor de los conversos. Afirmaron erróneamente que nunca había habido en el país *sheija* tan dotada como yo. Lo cual es falso e injusto. Lo sé porque tuve el insigne privilegio de estar cerca de la más magnánima, la más celestial de todas: Mami, Mya, Maya, Mamyta, llamadla como queráis. Hoy siento unas ganas tremendas de llamarla Mamá. ¡Ya está, ya lo he dicho! Una mamá prestada porque la mía no estuvo a la altura. Una mamá que ve las cosas, que pelea, que edifica.

Una mamá que ampara a su prole en peligro, que la quiere y que lo dice. Una palabra, una mirada, una caricia..., el cariño no cuesta nada. Mamyta habría añadido: «¡Y, sin embargo, no tiene precio!». Nuestros lazos, aunque sean indefectibles, no influyen en mi opinión. Porque me nutrí de su arte, porque me moldearon sus manos y su amor, porque uncí mis demonios a la locura de sus sueños, siento aquí la necesidad de referir su obra. Alto y claro. Con total libertad, porque estamos hablando de una mujer libre, una luchadora que puso su controvertido oficio en el centro de su combate, en la entraña de su propia existencia. Si he pecado por exceso de angelismo, me disculpo. A Mamyta no le habría gustado. Mi relato es tan objetivo como puede consentirlo el amor de una hija por su madre. Mi testimonio vale lo que vale. Es el de un saltimbanqui que se inclina ante un genio.

¡Ay, Mamyta, cuánto han cambiado las cosas! Te sentirías perdida si volvieras a la acción. Muchas veces, de noche, medio dormida, oigo tu voz. Lucho contra el sueño para prolongar esa dicha ficticia, aunque no siempre entienda lo que dices. Ayer fue: «¡Perdemos el tiempo que creemos estar ganando!». Y añadiste: «Pero ¿qué ha sido de los placeres menudos de antaño?». Tus palabras siguen siendo un misterio, pero el significado que acarrean sabe igual que cuando se mastica una pasa.

Ahora, el vestuario nos lo confeccionan sastres de primera. Lo elegimos sobre el papel cuché de catálogos en color. Las sesiones de prueba se hacen deprisa y corriendo, entre función y función. Ya ves, Mamyta, lo lejos que nos cae tu máquina de coser Singer y el poder que tenía en la calle del Perdón. Qué lejos quedan los caftanes que festoneabas con tanto arte, las tardes en que mandabas a Hadda que no abriera la puerta porque el salón estaba abarrotado, porque el ambiente era más bullicioso que el de los baños de vapor en vísperas del *Eid.* Se acabó el tiempo de las bromas subidas de tono, los cotilleos venenosos, las orgías de golosinas, los presagios salidos de la temible baraja de Zahia... Se acabaron también esos preciados momentos en que una muchacha bailaba... ¿Te acuerdas, Mamyta, de la niña regordeta y rizosa de la calle del Perdón? ¿Cómo te las ingeniaste para infundirle tantas ganas de vivir?, ¿para inyectarle tu encanto y tu talento? ¿A qué diablillos encomendaste que le pusieran los sueños manga por hombro? ¿Con qué artificio conseguiste volver a pegar los trozos de una muñeca rota, de una existencia hecha añicos?

Ya estoy en pie, Mamyta. Contra viento y marea. En pie y triunfal, donde tú habrías querido que estuviera. Mira, los tengo a todos a mis plantas, como lo estaban antes a las tuyas.

La vida de artista se ha suavizado. Al menos para algunos. Nuestros sinsabores de otros tiempos son agua pasada. Se acabaron los autocares traqueteantes, los taxis que siempre llegaban con retraso, las maletas engorrosas, los instrumentos en las últimas... Se acabaron las noches con final caótico, los malos pagadores, las broncas de borrachos... Ahora, una cuadrilla de técnicos, de mozos de carga y de conductores nos acompaña y se hace cargo de las tareas subalternas.

¡Ay, Mamyta, cuánto echo de menos haber podido mimarte como me hubiera gustado! No para pagarte ninguna deuda, eso sería imposible, por supuesto, sino solo para darte gusto. Volver a ver por última vez el oro centelleando en tu boca, las manos dando palmadas en las rodillas, los ojos empapados de alegría cuando tus carcajadas se volvían incontrolables y te obligaban a echarte hacia atrás. Hacerte un poquito feliz, cubrirte con las joyas bereberes que te agradaban, con sedas del Lejano Oriente, babuchas de terciopelo bordadas... Me habría gustado llevarte de vacaciones al norte, a Tánger por ejemplo. Una ciudad donde los perros tienen un cementerio es imposible que maltrate a los artistas. Soñabas con ese viaje. Me habría gustado meterte en esos cabarets mórbidos para emborracharnos. Una botella de *mahia* mano a mano. Solo tú y yo. Luego habríamos bailado y les habríamos enseñado a los aficionados cómo nos las gastábamos. Te habría cogido de la mano una vez más, me habría soltado el pelo, te lo habría soltado a ti y nos habríamos embalado. De rodillas, una frente a otra, con una sola y única voz, les habríamos mendigado a los ángeles caídos un éxtasis postrero.

¿Te fuiste tú demasiado pronto o fui yo la que se despertó demasiado tarde? En ambos casos, me faltó tiempo. Me habría gustado romper ese bloc de espiral donde consta tu vida, no en forma de diario íntimo sino de varias columnas de fríos números. Allí estaba anotado el mínimo gasto. Querías conocer el estado exacto de tu magra fortuna. Si te llamaba hormiguita, sonreías: «¡Ya verás el día que te toque a ti..., cuando tengas que administrar las cuentas de toda una *troupe*!».

Aquí estoy, Mamá, en un lugar que nunca habría querido ocupar. Porque es el tuyo. Porque no hay ninguna artista nacida de la sangre de su madre que se atreva a aspirar a él. Reinamos en él las dos, mamá, como en otros tiempos. Sé que estás aquí. Por las noches, en mi camerino, sé que es tu presencia la que me lleva al escenario. Me da valor para enfrentarme con el gentío. Me tranquiliza. «De los artistas —decías—, la gente solo se queda con las lentejuelas, el buen humor, la poesía y la embriaguez. No ven nada entre bastidores, por donde rondan la duda, la soledad, la angustia, la pitanza incierta, las caídas inevitables cuando las musas andan cojas...». Y añadías, tajante: «Los saltimbanquis no mueren nunca, porque todos necesitamos sueños».

Ya ves, el tesoro que me legaste está a buen recaudo. Lo cuido. Lo arropo en el corazón. Desde allí donde estás, sé que me seguirás, orgullosa y con el alma serena; y me aplaudirás cada noche cuando me veas colocar tu arte tan alto como lo colocaste tú, y repartir, a mi vez, sueños y felicidad a manos llenas.

Mami, Mya, Maya, Mamyta..., nunca me atreví a llamarte Mamá porque las gemelas no lo habrían tolerado. Porque no habrían esperado tanto para rematarnos.

Pero ahora, ¿qué peligro corremos ya, Mamá?

14

Ahí, sumergido en la muchedumbre, esperó a que acabase la primera parte de la función para ir a saludarme. Lo último que quería era molestar. Ni perderse una pizca de mi actuación. Se quedó en una esquina, oculto tras la barba entrecana. Si me lo hubiera cruzado por la calle, no lo habría reconocido. Pero al verlo allí, con los ojos chispeantes y la sonrisa desbaratada, moviendo la cabeza de esa forma a la puerta de mi camerino, me puse de pie y me eché en los brazos de Farid. Nos quedamos mucho rato sin decir nada.

—¡Que Dios tenga su alma! —dijo.

Me limité a asentir.

—Esta noche soy un hombre que no puede pedir nada más.

—Yo tampoco, Farid... ¡Qué contenta estoy de volver a verte!

—He visto a Serghinia en el escenario. La he visto bailar. La he oído cantar. Nos he visto, hija mía.

—Yo nos veo todas las noches, Farid.

—Te he echado de menos. ¡Os echo de menos a todos!

—¿Cómo me has encontrado?

El hombre del crótalo esbozó una sonrisa al repetir una respuesta a la que era muy aficionada la diva:

—¡Cuando se quiere tu boca, querida, se encuentra a oscuras!

No sé si nos reímos o lloramos; las dos cosas a la vez, seguramente. Incluso allá arriba, Mamyta seguía emocionándonos.

—¿Y el señor Brek? —pregunté.

—No sobrevivió a la marcha de Serghinia.

—¿Y Murad?

—Malvive haciendo sustituciones acá o allá. Me cruzo con él de vez en cuando por la Plaza. Ya no es lo que era. El mundo de la noche quema a la gente.

—¿Y tú, Farid?

—Lo he dejado, hija mía.

—¡Me haría tan feliz acogerte en mi *troupe*!

—Ya no me quedan fuerzas, niña. De todas formas, me he hecho granjero desde que heredé una parcelita al pie del Atlas. Deberías venir a descansar.

—Iré, Farid. ¡Claro que iré!

—He construido una casita al estilo de los beduinos, con barro y escupitajos... Nada lujosa, la verdad, pero me encuentro a gusto. Hay unos pastores tan guapos por mi zona...

—¡No cambiarás nunca, sinvergüenza! ¡Ven a sentarte! ¿Un vasito de *mahia*?

Farid sonrió.

—Mamyta tenía razón —le dije—: Este licor de higos que hacen las antiguas familias judías no da dolor de cabeza. Y además...

—Ya, ya sé...

—¿Qué?

—Que cada trago te la recuerda. Sí, de acuerdo, ponme un vaso.

Entonces brindamos una vez, y luego dos..., y vaciamos tres cuartos de la botella. Cuanto más lo miraba, menos veía la barba gris, las arrugas, la vejez.

De pronto había rejuvenecido frente a la niña rizosa y regordeta de la calle del Perdón. El brillo de los ojos daba fe de ello. Los recuerdos se nos atropellaban en la mente, todos revueltos, con un desorden conmovedor.

Halima Zufri vino a interrumpirnos.

—¡La sala te reclama, Huta!

Farid se puso de pie y salió en el acto del camerino. Me regaló una sonrisa antes de esfumarse entre el gentío. Unos cuantos retoques al maquillaje y yo también me sumergí en el frenesí de la fiesta.

Esa noche, en el escenario, bailé para mi familia artística, para la Tía Rosalie, Hadda, la vidente Zahia y, sobre todo, para el Abuelo. Bailé más y más. Los músicos me acompañaron tanto rato como se lo permitió su condición de mortales. Salido de la nada, Farid se arrodilló a los pies de la mesa redonda con un crótalo que le había arrebatado a un músico y lo hizo tremolar. Yo ya no veía nada desde la altura a la que me hallaba. Sola en ese territorio reservado a los elegidos, en ese lugar donde se refugiaba Serghinia cuando los *yinns* acudían a echarle una mano.

Yo era la diva en el lugar de la diva.

15

La Tía Rosalie, Hadda y yo nos mudamos a una casa en la costa de Casablanca. Mi dormitorio daba directamente al océano. Tomarme un café y fumarme el primer cigarrillo en la terraza me colmaba de alegría. Bastaba esa perspectiva para sacarme de la cama, en la que holgazaneaba hasta la una de la tarde.

Aunque la situación de ambas mujeres hubiese cambiado radicalmente, la Tía Rosalie se aferraba a su categoría de señora, y Hadda, resignada, se encerró en la suya. Inculcarles cualquier tipo de igualdad no tenía sentido para ninguna de las dos. Y eso que yo había contratado personal que las sirviera. Eran toda la familia que me quedaba. Como mis espectáculos se vendían a precio de oro, yo tenía empeño en proporcionarles un retiro decente en un entorno confortable. Lo cual no impedía que todas las noches, sin faltar una, la Tía Rosalie le exigiese a Hadda una palangana de agua caliente con sal gorda y le ordenase que le diera un masaje en los pies. Mis protestas caían en saco roto. La criada, que obedecía sin rechistar, me recordaba las historias de la corte que contaba el Abuelo. Decía que, incluso después de manumitirlos, a los esclavos les parecía que seguían perteneciendo a sus dueños. Las cadenas interiores son más difíciles de romper, porque son invisibles. Eso sucedía con mis ancianas compañeras. El ama seguía siendo el ama; y Hadda, su abnegada sirvienta. Pero a la Tía Rosalie empezaba a fallarle la memoria. En cuanto alguien recurría a sus recuerdos, Hadda tomaba la palabra y ya no la soltaba. Adoptaba el tono, la seguridad y la elocuencia de los señores; y disfrutaba con el gusto de oírse hablar. Irritada con su insolencia, la Tía Rosalie nos brindaba un mohín muy gracioso.

Unidas como siamesas, las dos comparsas no podían vivir una sin la otra. Las unía una singular complicidad que las llevaba a compartirlo todo. Todo sin excepción. Mientras se tratase de un dulce, de un retal, de un trozo de incienso o de un pellizco de azafrán puro, todo iba bien, pero las cosas se complicaban cuando se trataba de medicinas; una era diabética y la otra padecía del corazón. «¡Una píldora para ti y otra para mí!» El doctor Moyal se volvía loco. Por mucho que las avisaba del peligro mortal al que se exponían, no le hacían ni caso: dividían en partes iguales el conjunto de sus comprimidos multicolores: «¡Lo que me sienta bien a mí no te puede perjudicar a ti!». Ese dictamen irrebatible derrotó al buen médico, que acabó por abdicar. En último extremo, tomó la decisión de tratarlas a medias, recetando medicamentos útiles para una que no afectasen sin embargo a la salud de la otra. Unas dosificaciones de equilibrista con las que le salían canas.

Así eran las mujeres que compartían mi vida cotidiana. Dos cabezotas cuya presencia me resultaba indispensable. Junto a ellas hallaba un refugio, el fuego del hogar, la calma después de la tempestad, un té caliente, una sonrisa, un abrazo, palabras sin importancia..., un aroma que apaciguaba el insoportable vacío que había dejado Mamyta.

Entregarse al reino de la noche no deja de tener sus riesgos. No tarda una en volverse alérgica a la agitación diurna. Hadda y la Tía Rosalie se impusieron el deber de alejarme de él. Cualquier motivo era bueno para obligarme a salir por las tardes. Me llevaban a rastras al hamam y me lavaban a cuatro manos; luego al mercado, a hacer algunas compras, o sencillamente a caminar por el paseo marítimo. Nos sentábamos en los bancos de la calle, de cara al mar; les parecía inadecuado que una señora respetable se sentase en la terraza de un café. Y por eso me reñían si encendía un cigarrillo en público. «Solo las fulanas se permiten salidas de tono así», aseguraba la Tía Rosalie en presencia de Hadda, que asentía con la cabeza.

Hablar de Marrakech era tabú en mi *troupe*. Las ofertas para actuar allí se rechazaban por sistema. Al tantear el terreno y ver que era explosivo, Sheij Maati y Halima renunciaron a todo intento de convencerme. Y, sin embargo, nos solicitaba un príncipe del Golfo famoso por las retribuciones fantásticas que ofrecía. La idea de regresar a mi ciudad natal me horrorizaba. Aún no estaba preparada. Así y todo, a veces pensaba en ello con cierta nostalgia. Echaba de menos mis soliloquios en la tumba del Abuelo. Según la Tía Rosalie, el azar había dispuesto que enterrasen a Mamyta no lejos del General. Un milagro, pues los separaban solo unas pocas tumbas. Me habría gustado mucho verlo. Y después, una vez allí,

¿por qué privarse de un paseo por la medina? ¡Un desvío de nada por la calle del Perdón y su fuente, los ciegos a pie firme en el umbral de la mezquita, las tiendas de especias regentadas por valientes bereberes, el horno del que conservo tan malos recuerdos! Cuántos cachetes me llevé por culpa del panadero que se equivocaba de pan. Volver a ver la calle del Perdón y a los granujas corriendo descalzos por el polvo detrás de un balón deshinchado. Impedir que se peguen. Reñir al que esnifa pegamento, al carterista con su navaja y al bribón que tira piedras a las chicas y a los pájaros. No, no iría más allá. No hasta el fondo de la calle. No al maldito callejón donde nací, ni al del ángel que me resucitó.

Y aun así, regresé.

Así lo quería Mamyta. Su canto era tan dulce en mi sueño: «Remendar el encaje de la inocencia, devolver los sueños robados, tirar la acritud por las alcantarillas y dejar de tener miedo, volver a construir, avanzar, avanzar...».

Las palabras conservan el misterio, pero hay señales que no engañan. Así que, efectivamente, fui a la calle del Perdón pagando el precio requerido: noches en blanco, retortijones, pesadillas... Pensaba en mi hermanita, que era muy chiquitina cuando me fui. Ni siquiera me acuerdo de cómo se llamaba. ¡Qué vergüenza! También pensaba en mi madre, una figurante en su propia existencia a quien aplastaba un monstruo al que yo quería mirar cara a cara. Hadda y la Tía Rosalie no se opusieron a ese proyecto de desenlace incierto.

Y así vencí mis temores. Cogí un autocar y me pasé durmiendo todo el trayecto entre Casablanca y la ciudad ocre. Desde la estación de autobuses, un taxi me llevó al cementerio donde vivían juntos Mamyta y el Abuelo. Tenía tantas cosas que contarles... Un hombre que era a la vez guarda y sepulturero me señaló las tumbas de los míos. Efectivamente, eran vecinas, aunque con unos cuantos fiambres de por medio. Conociendo al Abuelo, no habría dudado en cambiar su sudario por un sitio al lado de la diva...

El discurso que había preparado no me sirvió de nada. No me salió ni una palabra de la boca. Yo, que quería tranquilizar a Mamyta, me pasé la visita sollozando. Y seguí haciéndolo en el taxi que me llevó a la calle del Perdón.

Pese a su limitación, el carbonero, Mbarek el tuerto, me reconoció. Pelo blanco y cara negra; parecía contento de verme.

—El barrio ya no es lo que era, hija mía, las familias importantes se han ido. Hoy la gente casi no se habla...

Luego sacó a colación a Serghinia, que dejó para siempre huérfana la calle del Perdón, y a sus pobres gemelas de tan trágico destino.

—Una anda tirada por la calle bebiendo alcohol de quemar mezclado con coca cola, y la otra ha desaparecido, a saber dónde estará...

No me interesaba saber más, me despedí deprisa y bajé corriendo la cuestecilla, tan escarpada en mis recuerdos.

Con la escolta de Mamyta y el Abuelo, me metí por la calle de mi infancia. No se me desbocaba el corazón y las manos apenas si me temblaban. Los niños corrían, como llevan toda la eternidad corriendo. Un gamberrillo en motocicleta estuvo a punto de atropellarme. No le solté un grito porque en ese momento vi nuestro callejón. Unos diez metros me separaban del sitio donde nací, donde crecí, donde sufrí.

Mil veces he matado a mi padre y de mil formas diferentes. Sus muertes cambiaban según mi dolor. Cuando todo iba bien, lo asfixiaba con un almohadón mientras dormía. A veces le clavaba un cuchillo o una horqueta en el pecho. También llegué a castrarlo y a dejarlo morir en un sótano oscuro.

Como la puerta estaba abierta, entré sin avisar; al fin y al cabo, estaba en mi casa. ¿Quién me lo iba a reprochar? En el patio, inundado de luz, vi a mi madre rezando. Flaca, con la cara chupada, le costaba trabajo prosternarse. Mechones plateados se le escapaban del pañuelo. Una voz de hombre me atrajo al salón. Reconocí la risa obscena de mi padre. Al apartar la cortina estuve a punto de desmayarme. Me recobré porque Mamyta y el Abuelo me habrían montado un escándalo en caso contrario. Sin embargo, el espectáculo era insoportable. Volví a verme sentada, quince años antes, en la rodilla de mi padre. El anciano le acariciaba el pelo a la adolescente y le babeaba no sé qué al oído. Tardó un rato en reconocerme. Arrimé la cara a la suya y le clavé la mirada. El almohadón, el cuchillo, la sierra, la horqueta..., todas mis armas imaginarias lo estaban apuntando, listas para mandarlo a los infiernos. Bajó la vista.

Le dije a la muchacha:

—¿Cómo te llamas, pequeña?

—Alia, señora.

—¿Sabes quién soy?

—No, señora.

—Puedes llamarme Hayat, soy tu hermana mayor.

A Alia se le desorbitaron los ojos.

—¿Así que eres tú...?

—Sí, cariño, soy yo. He venido a buscarte.

Se volvió hacia el anciano, que se había quedado paralizado.

—No tienes ya nada que temer. Ven, yo te cuidaré. Ya nadie volverá a hacerte daño nunca más.

El ave rapaz, vencida, aniquilada, un poco muerta, soltó la presa. Me agaché, pegué la frente a la suya y le alcé la barbilla con el pulgar.

—¡Se acabó, basura! Se acabó.

Al cruzar el patio, vi a Madre de rodillas, terminando de rezar. No sentí odio por ella, sino compasión.

Colgada de mi brazo como de un salvavidas, Alia no apartaba los ojos de mí. Yo me guardaba mucho de hablar porque los sollozos solo estaban esperando a que lo hiciera para estallar. Al llegar a la altura de la tienda de Mbarek el tuerto, me detuve, eché una ojeada atrás y abracé a mi hermanita con toda la fuerza que pude.

Vi de repente un pececito inquieto en los brazos de Mamyta; de eso hace una eternidad, en otra vida, un día como hoy, en plena calle del Perdón.

Este libro se terminó
de imprimir en
Móstoles, Madrid,
en el mes de
febrero de 2021

«Para viajar lejos no hay mejor nave que un libro.»

EMILY DICKINSON

Gracias por tu lectura de este libro.

En **penguinlibros.club** encontrarás las mejores
recomendaciones de lectura.

Únete a nuestra comunidad y viaja con nosotros.

penguinlibros.club

Penguin
Random House
Grupo Editorial

 penguinlibros